ひみつ

上 榊あおい

笑って、照れて、泣いて、苦しくなって、
あたしは君に恋をした。

この恋は、
表情を変えるのと同じくらいに自然なことでした。

……ひみつだよ。

ひみつごと。上 CONTENTS

プロローグ ……… 6

保健室で待ってて ……… 7

そばにいる ……… 30

……する? ……… 44

悪いこと ……… 59

先輩とふたりきり ……… 101

強引 ……… 158

あとがき ……… 234

カバー撮影：堀内亮(Cabraw)
モデル：白濱亜嵐、荒井萌
スタイリスト：山田祐子
ヘアメイク：寺本剛(Noz)(白濱さん分)、
豆田瑞紀(荒井さん分)
撮影協力：鈴木絵都子
衣装協力：CONOMi、マイティソクサー、
リーガルコーポレーション

登場人物紹介

中倉緋芽（なかくらひめ）

高校2年生。虚弱体質のせいで、ついたあだ名は
「保健室の眠り姫」。1つ年下の真幸が
グラウンドにいるのをこっそり見るのが楽しみ。

久我真幸（くがまさき）

緋芽のひとつ年下の高校1年生。野球部。
明るく人懐っこい性格。緋芽が見ている
ことは知らないはずだったのに…？

あやめ

緋芽のクラスメイト。小学校からの親友。

明日奈（あすな）

真幸のことが好きで緋芽をライバル視する。

綿貫武（わたぬきたけし）

緋芽のクラスメイト、野球部。いつも不機嫌？

プロローグ

保健室の薄いカーテンから感じる、朝の光。
半分だけ開けた窓から風が舞い込み、髪の毛を揺らす。
見えるのはグラウンド。
白球を追いかけ、砂の上で走る君の姿。
はしゃぐ声。
「おはよう、真幸くん……」
保健室の窓。
そこは、あたしの定位置。

毎日君を見るけれど、君はあたしを知らない。

だから、これはあたしだけのひみつごと。

保健室で待ってて

「緋芽、どこ行くの？」
「……保健室」
「そう、先生には言っとく」
友達のあやめが、「いつものことか」と言わんばかりの表情で手を振った。
朝、8時30分。登校したばかりだというのに、あたしは教室よりも先に保健室へ。

「おはようございます……、先生今日も……」
「おはよー、中倉さん。はい、体温計」
そこにいたのは、保健室の深沢先生。
いつ見ても20代後半には見えない、可愛らしさ。
先生は、病状も聞かず、慣れた手つきで体温計を渡してくれた。
「どうしたの？　また熱出ちゃったのかな？」
先生は、あたしの額に手をピタッと当てた。
「んー……、歩いてたらふらふらしちゃって……」
「あらー、今日は暑いんだから、日傘さしたほうがいいわよ？
　夏の日差しは、中倉さん以外にも敵なんだから」
「だって……それ目立つ……」
「倒れるよりマシじゃない」

先生はクスクス笑い、体温計を受け取った。
「ちょっと微熱かな？　いつものベッド、使っていいわよ」
「はーい……」
先生が、窓に一番近い端っこのベッドを指差した。
ここはあたしの指定席。
ベッドに近寄り、ベッドを囲むようにカーテンを閉める。
今日は、調子がいいと思ったのに。
あたしは、深くため息を吐いた。

中倉緋芽、高校２年生。
あたしは、小さな頃から体が弱くて、すぐに熱が出てしまう体質の持ち主。
長時間の運動なんて、もってのほか。
加えて、日の光にも弱い。
室内にいることの多いあたしの肌は、白い。見ようによっては、青白くも感じるらしい。
そんなこともあり、よく熱を出しては保健室のお世話になってしまう。
下手したら、教室よりも保健室にいる時間のほうが長いかもしれない。
そんなあたしについた不本意なあだ名は、『保健室の眠り姫』だの、『白雪姫』だの……。
皆はよく、「授業に出なくていいってうらやましい」なんて言うけれど、あたしに言わせれば、皆のほうがうらやましい。
苦手な勉強、退屈な授業、疲れる運動も、やれなくなると思うと、やりたくなるものだから。
「ずっと眠れるのっていいね」って言うなら、保健室の消毒液

のにおいに毎日囲まれてから言ってみればいいよ。
……とか、深沢先生には言えないけど。

ベッドに乗って、すぐそこの窓に目をやる。
あたしがいつも使っているベッドには、なぜか窓側にカーテンが無い。だから、窓に付いているブラインドを使わないと、外から丸見え。
「深沢先生」
「なぁにー？」
「窓開けてもいい？」
「今日は暑いもんね。中倉さんが嫌じゃなかったら、いいわよ」
ベッドから下りて、窓を開ける。
風が流れ込んで、前髪を揺らした。
この窓のそばには、立ち入り禁止の芝生。
それを挟（はさ）んで、石段。その奥にグラウンド。
グラウンドでは、野球部の面々。
そこにいるのは、ほとんどが１年生。
朝練なんて呼べるものではなく、制服でバットやミットを持ってはしゃいでいる。
男子生徒が、ペットボトルくらいの大きさに見える。
あたしはベッドに座り、それを眺（なが）めた。
……今日も、いる。
楽しそう。
笑顔が眩（まぶ）しい。
白球を追いかけて、ポンポン跳（は）ねるように走っている。
あたしの視線の先には、ひとりの下級生。

久我真幸（くがまさき）くん。

初めてグラウンドで見つけた日から、ずっと目で追い掛けている。
この気持ちを……なんて呼ぼう。
久我くんのことを、好きなのかな……。
ううん、うらやましいだけなのかもしれない……。
あたしは、あんなふうに走れないから。
ずっと太陽の下にいられないから。
自分とは対極の存在。
それを、見ているだけ。
距離は変わらない。
変える気もない。
見ていられれば、それだけで嬉（うれ）しい気持ちになれる。
あたしは、彼の名前を知っているけれど、彼はあたしを知らない。
ずっとこのまま。
そう……思っていた。

それから数日後。
３時間目の休み時間。
あたしは、いつものように保健室。
先生は職員室に用事があるらしく、部屋には誰もいない。
話し相手もいないし、椅子に座ってボーッと外を見る。
久我くんはいない。

彼は、昼休み以外の休み時間はほとんどグラウンドに出ないから。
10分しかないしな……。
今見えるのは、4時間目が体育のクラスの生徒。
思いっきりグラウンドを走るって、どんな気持ちだろう。
あたしには、縁の無い話。
……久我くん、次の授業は何かな。
あたしは、気付けば、姿が見えない時にも彼のことを考えるようになっていた。

保健室のドアが、音を立てて開いた。
先生が戻ってきたのかと、振り向くと、
「！」
「失礼しまーす。……あれ？　先生は……」
久我くん⁉
そこにいたのは、いつもこの窓から見ていた人物。
「深沢先生って、どこか行きましたか？」
久我くんがあたしに話し掛けてる。
嘘みたい。
いつも声を聞くときは、あたしじゃない誰かに向けられたものだったから。
「あ、あ、あの、職員室に……」
しまった。つっかえる。
「うあー、マジですか。救急箱とかって、勝手に使っていいのかな……」
彼が見たのは、自分の右ひじ。
健康的な小麦色の肌に似つかわしくない、真っ赤な血。

「だ、大丈夫……？」
「あはは、大丈夫ですよー。さっき体育でこけちゃったんです」
3時間目、久我くんのクラスが体育だったんだ。
見逃してしまった。
「んー？　消毒とか、どこにあるか知ってます？」
久我くんが、周りをキョロキョロ見回す。
薬品が入っているガラスケースに手を掛けたけど、鍵がかかっているせいで開かなかったらしい。
「あれ、開かない」
「あの……、消毒液とかバンソコは、ここに……」
いつも怪我(けが)した生徒を手当てするために先生が扱っているから、場所は知ってる。
十字が描かれた小さな救急箱を取り出す。
勝手に使ってはいけないものだと思うけど、目の前に怪我人がいるんだから、許してくれるだろう。
「あ、あたし……手当てする……ね」
「助かります」
久我くんは笑い、丸い回転式の椅子に腰掛け、こちらに腕を差し出した。
案外礼儀正しい……。
ピンセットで丸いコットンをつまみ、消毒液を染み込ませる。
深沢先生がいつもやっていることを、見よう見まね。
怪我をした後、一応水で洗ったようだけど、ちょっと砂が残っている。
緊張する。
手が震える。

気付かれたくない。
砂を取り除こうと、こすると、
「いて、いててっ」
「あっ、ごめんなさい！」
久我くんが痛がったから、反射的に手を離した。
砂を取り除けた後で良かった。
「痛かった？　ごめんね……」
フーフーと、傷口に向かって息を吹きかける。
「……え」
久我くんの声で、ハッと気付く。
やばい。痛みがやわらぐかと思って、たまに先生がやっていることをやってしまった。
初めて話した相手に向かって、この行動はおかしい。
「や！　あの、ごめんなさい！　よく先生がやってたから！」
「ははっ、先輩、さっきから謝りすぎですよ」
そんなに気にしていないみたい。
ホッと胸を撫で下ろす。
「あ、じゃあ……、バンソコ貼るね」
両手で絆創膏のはじっこを持ち、ひじに貼る。
すると、その腕をつかまれ、
「その、"バンソコ"って言うの、クセなんですか？　可愛い」
「えっ……」
先ほどまでとは違って、大分低い声。
顔が近づいている。
なに？　この距離は……。
「あ、あの……？」

「先輩って、いつも俺のこと見てますよね？」

言う顔は、笑顔。
なのに、雰囲気が違う。
あたしを……知ってる？
そういえば、さっきから「先輩」って。
あたし、名前も学年も言ってないのに。
そして彼は、
「あそこから」
スッと、窓を指差した。
「見てますよね？」
バレてた……⁉
「あれって、俺を見てるんですよね？　それとも他の奴？」
「や……、あの、ちょっ……」
見えるのは、同じ"人間"のものとは思えない、お互いの腕。
あたしのものは、弱々しく白い。
「く、久我くん……っ」
頭がぐるぐるする。
状況を把握することも出来ない。
これ、なに？
どういうこと？
「あ、名前知ってたんですね。俺も、先輩のこと知ってました」
久我くんが、そこにいる。
触れてる。
あたしに……、あたしだけに、言葉を向けて……。
「保健室の眠り姫……でしょ？」

「……その呼ばれ方、嫌い……」
目を合わせられない。
男子とこんなに近づいたのは初めてで、少し怖いと思っているのに……
「じゃあ、緋芽先輩」
……ドキドキするなんて。
「俺のことが好きなんですか？」
直球。
表情を変えずにさらりと言う彼の気持ちがつかめない。
「そんな……、分かんない……から……」
聞かないで。

見るだけでいいの。
声を聞くだけでいいの。
存在を知ってほしいなんて、思っていたわけじゃない。
だって、あたしと久我くんじゃ、違うでしょ？
世界が、違う。
最初から分かってる。
だから、見てるだけ。

「だったら、なんでいつも見てるんですか」
「……気になるの」
あたしの顔、すごく真っ赤なんだろうな。
白いから、なおのこと。
ふたりきりは辛いのに、深沢先生が戻ってこなければいいと思ってる。
「気になるって、どんな意味ですか？」

15

「い、言いたくない……」
「言って、先輩」
「や……っ」
腕を引き寄せられて、お互いの前髪が触れた瞬間、
「ラーララーラララーっ」
陽気に口ずさんだメロディが割り込んだ。
用事を終えた、深沢先生。
「あら？　どうしたの？」
目に入るのは、きょとんとしている深沢先生、ムッとしている久我くん。
そしてあたしは、絶対真っ赤。
「どうしたの、久我くん。ああ、怪我しちゃったのね」
びっくりした。
あたしは自分が座っていた椅子を、先生に譲った。
「もう手当てしてあるじゃない。ごめんね中倉さん、任せちゃって」
「い、いえ……」
やっと離れられた。
今は、安心感の方が断然勝っている。
「もー、先生空気読んでくださいよ」
「うるさい、エロガキ。何するつもりだったの？　保健の先生っていうのは、空気なんて読まなくていいものなの」
初めて聞いた。
多分、口から出任せ。
深沢先生は、久我くんの腕をパンッと叩き、
「いってぇ！」
「はいはい、元気ね。授業始まっちゃうわよ」

16　ひみつごと。上

久我くんは、舌をべーっと出して、立ち上がった。
同じ空間にいるだけで緊張する。
はぁーと大きく深呼吸。
気持ち的には、息つぎ。
だってずっと苦しかったから。
久我くんは、保健室のドアを開け、振り向き、
「先輩、またあそこから見ててくれますか？」
微笑み、窓を指差した。
「保健室で待っててくださいね」
去りぎわに目を細めてニコッと笑い、扉が閉まった。

「もう……、まったくあいつはどうしようもないわね」
深沢先生がため息をついた。
「知ってるの？　先生」
「久我くん？　あの子いつもあんな感じだから。人懐っこくていい子なんだけどね、……調子よくて」
先生が肩をすくめて笑った。
……そうなんだ。
だったら、あたしはからかわれただけか。なんだ……。
「あら、頰っぺた赤い。また熱出てきちゃったかな？」
先生から体温計を受け取り、脇に挟む。
いつも見てたこと、気付いてくれたの……嬉しかったのに。
ピピッと電子音が鳴った体温計を返す。
「ちょっと高めかな？　そこのベッド使ってね」
「はい……」
いつもの窓際のベッドへ向かい、カーテンを閉める。
窓に背を向け、目を閉じた。

「こんにちはー！」
「こらっ！　休んでる人もいるんだから、静かにしなさい！」
小1時間前に聞いたばかりの声と、馴染みの先生の声。
びっくりして目が覚めてしまった。
ボーッとしながらカーテンの向こう側を予測する。
ツカツカと足音が近づいてきたと思ったら、
「せんぱーい？」
「きゃあ⁉」
カーテンを開けられた。
「こらー！　久我くん！」
「先生、静かにしないとダメなんじゃないですか？」
「あげ足取らないの！」
「それ、何語？」
「あんた高校生でしょ！」
言い争うのはいいけど、そこ閉めてください……！
今まで寝ていたから、セーラー服の襟の右側が下がっていて、
ブラジャーの紐が見えてしまっている。
それを、気付かれないようにそっと直すと、
「緋芽先輩、髪の毛乱れてます」
「──うえっ⁉」
頭に手を伸ばされ、手グシで髪を整えられた。
「そのままでも色っぽくて可愛かったけどー」
本当だ。先生の言った通り。
調子いいっていうか、なんていうか。
……間違いなく慣れてる。

「あ、あの……、何か用？　ですか？」
年下が相手だけど、少し距離を取りたいと思ったら敬語になってしまった。
ギシッと音を立てて、ベッドが沈む。
久我くんが、片膝でベッドに乗っかった。
ち、近い、近い！
「はいっ。俺、今からグラウンドでサッカーするから、見ててください」
時計を見る。
あ、もう昼休みなんだ……。
今日も、保健室だけで１日が終わるのかな。
「サッカー？」
君、野球部じゃないの？
「サッカー部と対決するから、──うっわ!?」
「いつまでそうしてるのかな？」
先生に首根っこをつかまれ、久我くんはベッドから強制退散。
助かった。
「もー、空気読めし」
「先生に敬語は？」
「深沢大先生、邪魔すんなです」
パンッ！と、頭を張り飛ばす音が響く。
久我くんは深沢先生から逃げ、入り口まで走った。
「先輩っ、俺だけ見ててくださいね」
そして、まるで嵐のようにすぐ姿を消した。

先生が眉をハの字にして、
「好かれちゃったわね」

気の毒そうに笑った。
「好かれてるとか、そんなんじゃ……」
あたしのことが、物珍しいだけだと思う。
虚弱体質。
いつも保健室。
そんな女子が、周りにいないから……。
先生は、あたしの肩を優しく２回叩いた。
「先生、お昼行ってくるけど、中倉さんどうする？　お弁当食べれそう？」
「はい。場所借りてもいいですか？」
「もちろん。じゃあ、ちょっと保健室空けるね」
先生が小さく手を振り、出ていった。

椅子に座り、持参した弁当箱の包みをほどく。
あたしはいつもたくさん食べられないから、弁当箱も小さめ。
心の中で「いただきます」を言って、箸を持った。
開け放たれた窓から、やわらかな風が届く。
正面には、グラウンド。
四方八方に走る男子の中には、久我くんも。
ちゃんとお昼食べたのかな。
食べてからすぐ走ったりして、お腹痛くならないのかな。
——『俺だけ見てってくださいね』
……言われなくたって、久我くんしか見ない。……見えない。
見たくなくても、顔を上げればすぐに目に入ってしまう。
見ているだけのはずだったのに、今はもう見ていることも辛く感じる。
笑い声が聞こえる。

叫び声が聞こえる。
……久我くんの声だけ、すぐ分かる。
それを聞きながら、あたしはずっと目を伏せていた。

「久我！」
「どこ行くんだよ！」
しばらくして、一際(ひときわ)大きな声に、顔を上げた。
それまでは、言葉の意味も分からないくらいの音量だったのに、
今の叫び声はハッキリ聞こえた。
「俺の負けでいいから！」
今のは、久我くんの声……。
「あれ？」
気付くと、彼の姿がグラウンドから消えている。
あたしが見失うわけがない。
探せないわけがない。
いつも見てるんだから。
グラウンドに見えるのは、動きを止めた男子数名。
何かを話しあった後、サッカーをするのをやめたらしい。
全員、校舎へ向かう石段を上りはじめた。
っていうか、久我くんは？

すると、バタバタとせわしない靴音が聞こえ、それが止まった
のは保健室の前。
え、ここ？
嫌な予感、
「先輩！」
的中。

バーン！と飛び込んできたのは、さっきまで窓の外にいたはずの後輩。
「えっ、な……⁉　やっ……！」
無言で両頬を包まれた。
表情はない。
額に汗がにじんでいるのが見える。
お、怒ってる？　見てなかったから？
こちらから見えるってことは、グラウンドからも保健室が見えるってことで。
だから、あたしが目を伏せていたことはバレているのかもしれない。
じーっと正面から真っすぐ見つめられている。
がっしり押さえつけられているから、目玉を出来るだけはじっこに寄せてみても、目に入る。
「先輩……」
睨(にら)むような視線に、唇をキュッと結ぶ。
どうしたらいいのか分からなくて黙ると、手が頬を離れ、次は額に移動した。
「え……」
次は頭。
ペタペタと、次々に触られる。
何？　何⁉
「具合悪いんですか？」
「……はい？」
まあ、具合が良ければ、保健室にはいないのだけど。
「そんなでも……ない……けど」
これは本当。

割と体の調子がいいから。
それより、今の行動は一体……？
「なんだ……、さっきうつむいてたみたいに見えたから……。ビビった」
あたしの肩に手を置き、久我くんは深く息を吐いた。
グラウンドから……見てたの？
あたしを。
「じゃあ、見間違いですね。緋芽先輩が俺を見ないわけないから」
その自信、どこから？
「そんなに……、いつも久我くんばっかり見てないよ……」
「嘘ですね」
「っ……」
にっこり笑った顔に反論出来なくて、悔しい。
「ってか、昼これだけですか？　弁当ちっこ！」
「うん……」
これを見られると、必ず病人扱いされる。
だから、人前でお昼をとりづらくて、昼休みには大抵保健室。
久我くんにも見られたくなかった。
「この玉子焼きうまそう。先輩の手作り？」
「食べる？」
「マジ？　あーんしてください」
「……やだ」
「ケチー」
久我くんは唇をとがらせ、右手で玉子焼きをひとつつまんだ。
「うまー」
「それは……よかった……」

他のおかずはお母さんまかせだけど、玉子焼きだけは毎朝自分が作ることにしていて良かった。
「あれっ、俺、貴重なおかず貰っちゃった」
「大丈夫。そんなにお腹すいてないの」
今日も、ほとんど寝ていただけだから、動いてないし。
「そんなこと言ってるから、こんなに細っこいんですよ。ほら、腕とか俺の手１周しちゃうし」
「！」
大きな手が、あたしの腕をつかむ。
やっぱり、太陽の下を知っている彼とは、色が違いすぎる。
「折れそー！　細ーっ！」
「は、はは、はなし……！」
「ははっ、なんで笑ってんですか？」
「わ、笑ってないから！」
どもっているだけ！
久我くんの手がすごく熱い。
さっきまでグラウンドで走っていたからかもしれない。
「んー、さっきも思ったけど、熱ありますか？　熱い」
ピタッと、頬を触られる。
だから、なんで頬っぺたなの？
知り合ったばかりの女子に、普通こんなことする？
「久我くんって……誰にでもこういうことするでしょ？」
出来る限り目をそらして言う。
「どんな？」
視界の端に見えたのは、本気で分かっていない顔。
無意識にやってるなんて、言わせないんだから。
「こうやって、よくさわったり……」

思わせぶりな態度をとること。
聞きたいことは、半分しか言えなかった。
こんなに近距離じゃなかったら、もっとちゃんと言えたのに。
何か思い立ったのか、久我くんは「あー」と、漏らして、至近距離で笑った。
「先輩以外にこんなことしませんよ」
そんな、少女漫画みたいなセリフに、ぴくっと肩が反応してしまう。
だけど、
「とか、言うべきなんでしょうね」
彼自身が、すぐさまそれを覆した。
「……は？」
今のは何？　からかわれたの？
「しますよ。人に触るの好きだし。嫌がる女子には、さすがにしませんけど」
一瞬でもドキッとして、バカみたい。
人の笑顔が憎たらしいと感じるなんて、中々ない。
「先輩だけ特別だと思いました？」
「……嫌な人」
「あ、それ分かります」
久我くんは、始終笑顔。
何を考えているのか、分からない。
「もう……、出てって。顔、見たくない」
普通の女の子なら、どう反応するんだろう。
軽く流す？　冗談だって、笑って受けとめる？
あたし、それ無理。
性格がかたいのかな。

何とでも思ってよ。
ずっと、窓から見ているだけで良かった。
それなら、久我くんがどんな人だろうと関係ない。
勝手に想像して、また見て、……それだけだったから。
背中を扉のある方へ押す。
もちろん、あたしの力じゃ全然足りないけど。
それでも、意思表示をしなくては気が済まない。
「先輩、怒ってる？」
「怒ってない……」
違う。怒りなんかじゃない。
悲しいだけ。
あたしのことを、少しでも好きでいてくれてるんじゃないかって。
特別に想ってくれてるんじゃないかって。
自分でも知らないうちに、……うぬぼれてたから。
恥ずかしい。
見ているだけでいいって思ったのは自分自身なのに、話せることが、触れることが、嬉しかった。
この気持ちは、なに？
「じゃあ……、また見てるだけですか？」
背中を押す手から、力が無くなる。
その格好のまま止まる。
彼もそれを感じ取ったのか、体の向きを変えて、あたしに向き合った。
「本当に、見てるだけでいいんですか？」
脚が震える。
腕をつかまれている。びくともしない。

あたしが見ているのは、床。サイズが違う、お互いの上履き。
顔は見えないのに、表情が見える気がした。
笑顔じゃない、真剣な表情が。
あたしを射抜く、その視線が。
「先輩は、俺を好きなんだと思ったのに」
「そんなわけ……ないでしょ……」
「だったら、好きにさせます」
「やめて……」
あたしじゃなくても、言うくせに。
「へ、変なこと言わないで……」
「変なことですか？」
「変だよ……」
腕をつかむ力が強くなる。
「誰にでも言うなら、誰にでもするなら、あたしにはやめてよ……」
今日話したばかりの人を相手に、何を泣きそうになってるんだろう。
裏切られたような気がするから？
こんな人だと思わなかったって？
あたしは見ているだけで、勝手に人物像を作り上げたくせに。
久我くんは、また頬に触れて、あたしの顔を無理矢理上に向かせた。
「──！」
「じゃあ、これからは先輩だけです」
真剣な表情で言った後、ふにゃっとくずして、
「それならいい？」
子供のように無邪気に笑った。

「なっ、なんでそんな……！」
昨日まで他人。今日知り合ったばかり。
友達じゃない。恋人じゃない。
そんな人に、簡単に約束なんてして。
信用出来るわけがない。
「なんでって……」
久我くんは、キョトン顔。
「意外なことを聞かれた」とでも言いたげ。
「俺も、緋芽先輩が気になるから。ダメですか？」
彼の声に重なって、昼休み終了を告げるチャイムが鳴り響いた。
「あれ、ちゃんと聞こえました？　……よね？」
また、触る。
年下だけど、大きな手。骨張った手の甲。
「赤くなってる。可愛い」
にんまり顔が離れていく。
「また保健室に会いに来ます」
扉が開いて、閉まった。
あたしひとりを、ここに残して。

「なんなの……、あの人……」
想像と違った。
あんな人だと思わなかった。
だけど、知りたい。
もっと、……今までよりも。
熱が上がる。加速する。
あたしは、どこかがおかしくなってしまったのだろうか。

もう、昨日までの関係とは違う。
——壊したのは、君。

そばにいる

「先生ー、転んだーっ」
保健室に生徒がやってくるなんて当たり前。
おかしいのは、あの日から、ドアが開くたびに反応してしまうあたし。
男子だけど、違う声。
「内山(うちやま)くん、また怪我(けが)したの？」
「うん。廊下で競走！　しかも負けちゃった」
「何歳よ？　元気なのはいいことだけどね、もう少し落ち着いたら？」
「あはっ」
聞き覚えのある声に目が冴(さ)えてしまい、ベッドを下りた。
カーテンを開け、そっと顔を出すと、手当て中の先生と向かい合っている男子と、同時に目が合った。
「あー、緋芽ちゃん久しぶり。元気？」
女の子みたいに可愛い笑顔。
同い年とは思えないほどの幼い顔立ちと口調。
極め付きは、左耳の上に飾っているヘアピン。
彼は、4月から同じクラスになった、内山颯太(そうた)くん。
結構怪我をすることが多いらしく、よく保健室にやってくる。
あたしは保健室にいることが多いから、クラスの皆とはそんな

30　ひみつごと。上

に面識がなく、内山くんともさほど話したことがない。
それなのに、内山くんは誰にでも友達みたいに接してくれる。
あたしにも例外なく。
「中倉さん、起きてきて大丈夫なの？」
「はい、眠ったら軽くなった感じなので」
「本当ね。顔色もいいみたいだし」
先生は、体温計を渡すまでもなく、「うん、うん」とうなずいた。
「じゃあ、俺と一緒に教室戻ろー？」
内山くんはあたしに笑いかけ、
「いっ、痛い痛い！　先生、しみる！」
消毒液の刺激に、顔を歪めて抗議した。
……久我くんを思い出す。
あたしの手当てに声を上げて、絆創膏を貼った手を止めて……。
あれから、1週間。
久我くんは保健室に来ない。
あたしはずっと、窓から彼を見ている。

「次の授業はねー、数学だよ。緋芽ちゃん、どっちクラスだっけ？」
「あたしは、まだ基本の方で……」
「じゃあ、俺と同じだねっ」
内山くんと、話しながら並んで廊下を歩く。
数学は、ふたつのクラスに分かれる。
基本的なことを教えられるクラスと、応用問題を中心にしたクラスに。
あたしは、1年の時から基本クラスを抜けれたことがない。

保健室にいることが多いから、勉強が遅れている……なんて、言い訳。
あたしはただでさえ皆と同じように授業に出ていないんだから、もっと頑張らなきゃ……。
「俺なんてさー、基本クラスでも軽くついていけてないのに。イッカちゃんに頭分けてほしいなー」
「誰？」
そんなあだ名の人物がクラスにいただろうか。
というか、内山くんって、割と誰にでもあだ名をつけるみたい。
「イッカちゃん？　藤崎乙華ちゃんだよ」
「あ……」
そうだ、理事長の娘の藤崎さん。
皆が"娘"って呼ぶから、すぐに思い当たらなかったんだ。
確か、すごく頭がいいって聞いた。
そして、あたしと同じく、不本意なあだ名をつけられている。
今年から同じクラスになったけど、話したことはほとんどない。
それは、あたしが"保健室の眠り姫"と呼ばれるほどに保健室通いだから。
……最初に呼びはじめたの、誰？　もう……。
「藤崎さんと仲いいんだね」
「うん！」
わ……、笑顔可愛い。
ふわふわ天パの髪の毛もあわさって、ワンコか何かに見える。
「緋芽ちゃんは、イッカちゃんのことちゃんと名前で呼ぶんだね。良かった」
「それは……、だって……」
あたしだって、"姫"って呼ばれてる。

嫌な呼ばれ方をされた時の気持ちが分かるから。
すると、チャイムが鳴ってしまい、
「やっばい！　7組行かなきゃ！　教科書ー！」
「あっ……！」
数学の基本クラスは、今は使われていない7組の教室。
教室に戻って教科書を持って、7組に移動して……だと、確実に遅刻。
すでにチャイムが鳴っているから急がないといけないことは言うまでも無いのだけど、あたしは……
「あれ？　遅刻しちゃうよ？」
駆け出したばかりの内山くんが、立ち止まって振り返った。
「えっと……、先行ってて？　あたしは後から行くから」
走ると、すぐに動悸と息切れ。保健室に逆戻りになってしまう。
本当に……、なんて難儀な身体。
「…………」
内山くんは、2回ほど瞬いて、
「そっか。俺も一緒にゆっくり行こーっと」
笑って、あたしの隣に戻ってきた。
「あ、あの、でも遅刻……」
「いいの、いいの。ほら、これ。脚痛くて走れないからさ」
内山くんは、深沢先生に手当されたばかりの膝を指差した。
さっき、ためらいもなく走りだしたのに。
あたしが気を使わないように、そんな嘘をついて。
まともに話したのだって、数回しかないのに。……いい人。
「ありがとう」
「一緒に怒られようねー」

33

7組の教室に入った時にはもう遅くて、先生が黒板に問題文を半分書いたところだった。
「遅れてすいませーん」
悪びれもなく、明るく先に入ったのは内山くん。
「こら、内山、お前が遅れるなんて珍しいな？　遅刻届を……」
先生が言いかけ、後ろのあたしに気付いて、
「ああ、中倉か。だったら仕方ないか。早く席に着きなさい」
何のお咎めもなく、何事もなかったかのように白いチョークで続きを書き始めた。
「はーい！」
小学生みたいに手を上げて返事をして、内山くんは自分の席に着いた。
あたしも席に行こうとすると、
「重役出勤って感じ？　さすがお姫さま」
「本当。うちらだったら、絶対遅刻届書かされてんのに」
女子の声で、ひそひそ話が聞こえてきた。
……こんなことで、一々傷ついたりしない。
ちょっと、一瞬痛くなるだけ。
あたしが彼女たちの立場だったら、同じことを思ったかもしれないし。
「緋芽ー、お久ぁ。今までのノートのコピー、100円でいかが？」
「あやめ……」
隣の席は、あやめ。
冗談混じりで笑い、ノートをヒラヒラさせた。
「あんなの気にすることないよ。ただのひがみじゃん」

そして、ノートで口元を隠し、ベーっと舌を出した。
「うん……」
あやめは、小学校の時からの友達。
いつも一番近くにいてくれて、誰よりも分かってくれている。
あやめがいてくれると思うと、あんなこと何でもないって気持ちになる。
「日本史とセットで、150円は？」
……本当、こういう性格大好き。
あたしは引きつった笑いを返した。

「次も授業出られそう？」
「うん。結構調子いいの」
数学が終わって、あやめと廊下を歩いていると、視聴覚室にたくさんの生徒が入っていくのが見えた。
大きなモニターがある教室。映画やビデオを見るときに使われる。
靴に描かれているラインの色は、緑。1年生の学年カラー。
移動教室だから、2階に上がってきたらしい。
「あそこ、次の授業ビデオかー。いいなー。楽だよね」
あやめがうらやましそうに視線を送る。
1年生の集団の中には、見覚えのある姿。
久我くんもいる……。
あたしがピタッと足を止めると、あやめは気付かずにひとりで先に進んだ。
「真幸ー、今日って部活あるんだっけ？」
「あるある。部長が俺をはなしてくれなくて。愛されすぎ」
「ぷっ、バカじゃないの？　弱小部なのに頑張るよねぇ？」

「うるせーな」
久我くんと、女子の会話が聞こえる。
あの子は確か、野球部のマネージャー。
……さわりすぎ。
普通に喋ればいいのに、気軽に女の子の髪の毛さわるとか……、何考えてんの？
――『しますよ？　先輩以外にも』
本当に、言った通り。
「今日はね、麦茶じゃなくてウーロン茶だよ」
「うわー、苦手」
「うるさいなぁ。ウーロン茶のティーバッグ余ってんだもん。そんなこと言うなら、作ってやんないよ？」
ふたりの横を通りたくなくて、動けない。
他の生徒はどんどん視聴覚室に入っていくのに、ふたりは扉の前でずっと話している。
そこで、あたしが横を歩いていないことに気付いたあやめが、
「あれ？　あっ、緋芽ー？　どうしたのー？」
くるっと振り返ってあたしを呼んだ。
あやめの声は大きくて、久我くんたちにも聞こえてしまったらしく、ふたりとも呼ばれた先にいるあたしに目を向けた。
久我くんと目が合う。
「先輩、今日は保健室じゃない――」
全部を聞く前に、ふたりの前を目を閉じて、早歩きで通り過ぎた。
嫌な態度。行動に起こす前に気付いたけど、隣に女の子がいる彼を見たくなくて、無視してしまった。
「真幸ぃ、知り合いの人？」

甘い声に、本当は耳も塞ぎたい。
「知り合いっていうか……」
その先は、聞いていない。
それを、少し後悔した。

熱はないはずなのに。
体調だって、悪くない。
なのに、何でこんなに気分が悪いんだろう。

その日のお昼は保健室には行かず、久々にあやめと一緒だった。
「めずらしいね？　緋芽が昼休みも教室いるとか」
「たまにはね……」
保健室に行くと、窓からグラウンドが見える。
久我くんが……見える。
「相変わらずの小食っぷりー。あたしのミニトマトあげるよ。栄養分ねー」
「…………」
あやめは、あたしに嫌いなおかずを押しつけた。
そして、あたしの弁当箱の中の玉子焼きを箸で刺して、
「ラッキー」
ためらいもなく食べた。
本当、うらやましい性格してる。

なんとか、放課後まで授業を受けることが出来た。
ずっとこの調子ならありがたいんだけど。
帰ろうと、あやめと一緒に廊下を歩いていると、野球部の男子

ふたりとすれ違った。
まだ制服を着ていて、肩から大きなエナメル製のショルダーバッグを斜めがけにしている。
その中に、ユニフォームを入れているらしい。
これから部室に行くという意味合いの会話をしている。
久我くんも、きっと行くんだろう。
「あやめ、あたし……」
「なになに？　まさか保健室？」
「……うん」
「そういえば、顔赤い。じゃあ、ゆっくり行きな？　お大事に」
あやめに見送られ、保健室がある方へ。
顔が赤いのは、体調のせいじゃなくて……。

「失礼します」
「あら？　中倉さん。具合悪い？」
保健室に入ると、書類を書いている深沢先生に問いかけられた。
せっかく放課後まで保ったのに。という声色。
「ううん、あの……、グラウンドが見たくて……」
先生は一瞬キョトンとして、
「そう」
何かを察したように笑い、また書類に目を戻した。
空っぽだったグラウンドに、どんどん人が集まってくる。
「あ」
「え？」
探していた姿を見つけ、思わず声を上げてしまう。
先生が、話し掛けられたのかと思ったらしく、「なに？」と言

った。
口を塞ぎ、首を振ると、先生は首をかしげてまたペンを持った。
久我くんが、グラウンドに来た。皆の分の道具を抱えている。
誰もやろうとしないことを、笑顔で引き受けるとことか……いいなぁ。
久我くんが誰かに呼ばれたらしく、振り返った。
そこには、今日廊下で見たばかりの女の子。マネージャー。
野球の道具を代わりに持とうとしたけど、久我くんが首を横に振って渡さなかった。
本当は、マネージャーの仕事なんだろう。
でも、女の子に重いものを持たせたくなくて、拒否したらしい。
それでも、マネージャーは荷物を引き受けようとして、ミットを引っ張ったら全て地面に落としてしまった。
慌てて腰を屈めるマネージャーに、怒るふりをする久我くん。
腕を振り上げて、笑って軽く頭を叩いた。
その後は、ふたりで笑い合って手分けして拾い集めた。
窓を閉めているから、会話も声すらも聞こえないのに、……分かってしまった。
あの子、久我くんを好きなんだ。
殴られる真似をされたのに、嬉しそう。
笑いかけられたら、顔が赤くなった。
うらやましい。あたしは、あそこには行けないから。
ここから、見てるだけ。
そこで、校内放送の独特の電子音が響き、
「保健室の深沢先生、深沢先生、職員室までおこしください」
深沢先生が呼び出され、
「ひゃー、まだ書類上がってないのに！　もう、職員室でやっ

ちゃお。ごめんね、中倉さん、席外すね」
手に数枚の紙を持ち、パタパタと慌ただしく出ていった。
保健の先生って言っても、いつも保健室にいるわけじゃないから、大変だなー……。
そんなことを思いながら、またグラウンドを見ると、久我くんと目が合った。
「！」
あたしに気づいた彼は、両腕を大きく上げて振りはじめた。
マネージャーの女の子も、あたしに気付く。そして、あからさまにムッと表情を歪めた。
手を振り返すべきか、どうしようか迷って、あたしは顔を伏せた。
久我くん、隣、怖い顔してる。
あの顔の意味に気付いたなら、久我くんはどうするんだろう。
好きになったり……するのかな。

「──！　──！」
「？」
何かを叫んでいる声に、また顔を上げた。
女の子の声。
窓が閉まっていると、その内容までは理解できない。
「えっ！」
久我くんがグラウンドを抜け出し、石段を上がって、……近づいて──。
「先輩！」
「ひゃあ！」
バン！と、両手の平で窓を叩く音と、あたしを呼ぶ声。

びっくりしてその場で身を縮めていると、
「先輩！　開けて！」
久我くんが、しきりに窓の鍵を指差した。
あ、ここ、鍵まで閉まってたんだ。
近づいて、鍵を開ける。
あたしが窓を開けるよりも先に、久我くんが勢い良く開け放った。
建物の中と、地面に立っているのでは、高さが違うから、久我くんがあたしよりも身長が低く見える。
不思議な目線の位置。
「もー！　先輩、シカトした!?」
「え、や……、あの……」
って、それを言いにわざわざ走ってきたとか……？
……まさかね。
「ちゃんと俺のこと見てなきゃダメじゃないですか」
また、そういうこと言う。
「やめて……、そんなこと言うの……」
気をもたせることを言って。
ほら、早く戻らないと、あの子がこっちを睨んでる。
久我くんは、口を"ヘ"の字に曲げ、さっきより低い声で、
「嫌です。言います」
なぜか怒っている。
「な……、なんで？　そんな……」
曇りのない瞳で見ないで欲しい。
……勘違いしそうになる。
「俺が、先輩に見てほしいから」
信じていいの？

41

こんな……、知り合ったばかりの男子の言葉を。
「それ……、あの子にも言ってる？」
窓の向こうを指差す。
不機嫌な表情でグラウンドに立つ女の子。
「明日奈？　なんで？」
……下の名前、呼び捨て
あの子も、久我くんを「真幸」って呼んでた。
「俺の言うことは、信じられませんか？」
「だって……」
どうしてあたしなの？
病弱な女の子なんて周りにいないタイプだから、物珍しい気持ちで近づいているだけなんじゃないの？
信じられない。
あの子、明日奈さんなら、きっと笑顔で受け入れる。
だけど、あたしはそんなに可愛い女の子じゃない。

「くーが！　久我ー！　何やってんだー⁉　練習はじめるぞ！」
「はーい！」
グラウンドから呼ぶ声が聞こえて、久我くんは大きく返事をし、向こうを向いた。
呼んだのは……、あれは、確かキャプテン。
隣には、いつの間にか移動した明日奈さん。
明日奈さんが、呼ぶように言ったのかな。まだ怖い顔。
久我くんは帽子をかぶって駆け出し、また振り向いた。
「先輩」
「——えっ？」

まさかまたこっちを気にするとは思わなくて、肩がぴくっと反応してしまった。
「信じたくないなら、信じるまでそばにいます」
そして、帽子のつばを片手でくいっと上げて、
「だから、早く好きになってくださいね」
ニコッと笑い、またグラウンドへ走りだした。
「なっ、ならないよ！」
とっさに反論する。
久我くんは、走りながらひらひらと手を振った。
どうしよう……、あたし。
信じたくないのに、信じたい。
だったら、久我くんもあたしを好きになってよ。
好きって言ってよ。
無意識に、そんなことを思った。
練習の最中、久我くんはたまにこちらに向かって手を振った。
もちろん、他の仲間に怒られながら。
あたしは、そのたびに目を伏せ、そして、また顔を上げて久我くんを目で追いかけた。
この関係を、なんて呼ぼう。
この気持ちに、どんな名前を付けよう。
「……熱い」

好きになったら、どうなるの？

……する？

「緋芽ー、また保健室？」
「うん、あ、でも、具合悪いとかじゃなくて……、用が……」
「？　分かった」
登校してすぐ、あやめと手を振って分かれ道。
今日は大分調子がいい。1時間目から、教室に行ける。
だけど、あたしは保健室に。

「おはようございます」
保健室に、あいさつをしながら入る。
「おはよう、中倉さん。はい、体温計」
いつものように深沢先生が体温計を渡してくれたけど、
「今日は……、大丈夫です」
胸の前に手の平を出し、拒否をした。
「そうなの？　どうしたの？」
救急箱に体温計をしまい、先生はキョトン顔。
「あ、あの、ちょっと……窓を……」
「窓？」
「……見たいんです」
どんな言い方をしても恥ずかしくて、言葉を濁す。
先生は窓を見て、「あぁー……」と、何かに納得して、ニヤリ

と笑った。
「窓ね。いいわよ。この椅子、そこまで持っていっていいから」
にまにま笑いながら、黒くて丸い回転式の椅子を窓の近くに設置してくれた。
グラウンドには、制服姿の男子数人。
そこにはもちろん、久我くんも。
「ありがとう……ございます」
「いーえっ」
……絶対見破られてる。
笑いすぎ。見すぎ。
「いーなぁ、若いなぁ」って、声に出てますけど。
「もう……」と、小さく漏らし、窓を開けた。
朝から風がない日だったから、開けても全然涼しくならない。
笑い声が聞こえる。
今日は、ボールを手に持って遊んでいる。
ドッジボールってわけでもないし、バスケをするにもゴールはないし、ただボールを奪い合っているだけみたい。
あれ、楽しいのかな。
久我くんの笑顔が眩しい。
笑い声が誰よりも大きく聞こえる。
彼なら、どんなものでも最高の遊びに変えてしまいそう。
いいな……。ああいうとこ。
久我くんが、こっちを向いて手を振った。
「！」
一瞬、あたしに向けられたものかと思ったけど、
「真幸ー！　そろそろ教室行こうよー！」

石段に、ひとりの女の子。
久我くんの名前を呼んで、手を振っている。
……明日奈さん。
「やだよー！　まだ勝負ついてねーもん！」
……あたしにじゃ、なかったんだ。
なーんだ……。
ため息をついて、立ち上がり、窓を閉めた。
椅子を元の位置に戻しながら、先生に一言断る。
「ありがとうございました……」
「もういいの？」
「……はい」
見たくないものまで、目に入ってきてしまうので。
──『ちゃんと俺のこと見てなきゃダメじゃないですか』
久我くんこそ、他の女の子ばかり見ちゃ、ダメだよ。
……とか。
彼氏じゃないくせに。彼女じゃないくせに。
力なく笑って、そんな気持ちをごまかした。

出ていこうと、扉の前に立つと、
「せんせー！　先生！　やばいやばい！　刺さったよー！　──わあっ！」
「っ!?」
タイミング悪く飛び込んできた男子とぶつかり、転んでしまった。
「ごめん！　緋芽ちゃん！」
目の前の男子は、立たせてくれようと手を差し出した。
「だ、大丈夫……」

手を取り、顔を上げると、そこにいたのは内山くん。
そして、
「きゃー！」
悲鳴を上げてしまった。
その左の額からは、線を描いて血が流れていたから。
「さっきから何を騒いで……、うわぁっ⁉　なんじゃそりゃっ⁉」
近づいてきた先生も、内山くんを見てあたしと同じリアクション。
……若干男らしい。
「あはっ、先生かっこいいねー」
「わ、笑ってる場合じゃないわよ！　どうなったら、そうなるの⁉　痛い！」
「痛いのは俺だよー」
「それは、見りゃ分かるけど！」
ふたりの言い合いを聞きながら、あたしは口をパクパクさせることしかできない。
「あのねー、転んだら、これ。ピン刺さっちゃった」
内山くんは、いつも左髪をとめている細いヘアピンを指差した。
男子なのに可愛く見えるのは、これもひとつの要因なのだろう。
あれって、先っぽが丸くなっているから滅多なことじゃ刺さらないと思うのだけど。
……どんな転び方を？
とか思っていても、実際刺さってしまったのだから仕方ない。
「もう……、そろそろそのヘアピンつけるの、やめたら？」
先生は、慣れた手つきで消毒し、真っ白いガーゼを紙テープで貼って手当てを済ませた。

47

あたしと一緒に騒いではいても、やっぱり保健室の先生。手当ては冷静で綺麗(きれい)。
あたしなんて、久我くんを相手にしたとき、手がぶるぶる震えてしまったのに。
「えー？　だって、可愛くない？」
「いや、可愛いけどね。……可愛いって言われていいの？」
「んー？　嬉(うれ)しいよっ」
パッと花が咲いたように内山くんが笑う。
ヘアピンが無くなったくらいじゃ、可愛さは減らないと思う。
「内山くんがいいなら、いいけどね。はい、おしまい。出血量ほど、傷は深くなかったから。念のため、病院に行ったほうがいいわよ？」
「ねーねー、先生は可愛い男の子ってダメ派なのー？」
内山くんは、先生の言いつけを無視し、話題を変えた。
「私？　いいと思うけど。癒(いや)されるっていうか」
「そっかー。手当てありがとー！」
「ありがとうございました、でしょ？」
先生が「ございました」をわざとらしく強く言うと、
「でしたっ！」
いまいち分かっていない様子で、内山くんは立ち上がった。
そして、あたしを見て、
「緋芽ちゃん、教室行こうと思ってたの？　一緒に行こー」
「う、うん。……大丈夫？」
「平気だよーっ。先生、また手当てしてねー」
扉を開け、
「怪我(けが)の予告はやめなさい」
閉まったとき、ドアの小窓から見えたのは、深沢先生の呆(あき)れ顔

48　ひみつごと。上

だった。

「本当に大丈夫？」
隣を歩く横顔を見る。
拭ききれていない血の跡(あと)が、頬に残っている。白いシャツにも、数個の赤い水玉模様。
「うんっ！　もう痛くないよ！」
「そうなんだ……」
見た目は、大分痛々しいけど。
廊下の端に来て、階段の一番下。2年生の教室は、ここを上ったところにある。
1階にあるのは、1年生の教室。
「すごい血出てたもんね。びっくりしたよ。まだ頬っぺたに残ってるし……」
「えっ、ほんと？　どこどこ？」
内山くんが、自分の頬をペタペタ触りだした。
左側の怪我なのに、触れているのは右頬。
「そこじゃなくて、ここ……」
頬に手を伸ばすと、廊下にバタバタと靴音が響いた。
走ってきたのは、1年生の男子4人と、女子ひとり。
先頭は、久我くん。
保健室で見てたときには、目が合わなかったのに。こういう時に一発で目が合ってしまうなんて。
よりによって、あたしが内山くんの頬にさわっているときに。
久我くんがピタッと止まり、他のメンバーは追い抜いていった。
「真幸ー！　何やってんだ、先行くからな！」
男子は気にしないで行ってしまったけど、明日奈さんは久我く

んの少し前で止まっている。
「真幸……」
あたしと久我くんを交互に見て、不審な表情。
そんなことを気にもとめない久我くんは、あたしをじーっと見て、そして早歩きでこちらに近づいてきた。
上履きのかかと部分を潰して履いているから、パタパタとスリッパを履いているみたいな音が響く。
「先輩」
「な、なに……？」
何を言われるのかとビクついていると、ぺたっと額に大きな手のひらが触った。
「——⁉」
「んー？」
人の額を触りながら、その場で首をかしげて悩むのはやめてほしい。
「んー……、先輩、保健室行きましょっか」
「え……、わっ！」
額に触れていた手は、あたしの左手に移動し、意見を聞かずに引っ張っていく。
「緋芽ちゃーん、熱あったの？　お大事にー！」
内山くんが、叫ぶ。
「ねっ、熱なんて……——んんっ！」
返事をしようとしたら、立ち止まった久我くんが、あたしの口を手で塞いだ。
「…………？」
意味が分からない。
そんな気持ちを、目だけで伝えてみる。

50　ひみつごと。上

「うん。じゃあ、行きましょう」
……伝わってない。
「まっ、真幸！」
明日奈さんの声に、久我くんは振り向かず、
「頭痛ー！って、先生に嘘ついといて！」
堂々と仮病宣言をした。
「ぜーったい、やだ！　バーカ！　バーカ！　バーカ‼」
明日奈さんの声が１階に響く。
「何で怒られたんだろ？」
これ、本気なのかな。
……鈍い。

そしてあたしは、引かれるままに保健室に逆戻り。
とりあえず、走らされなくて良かった。
「先生！　緋芽先輩、熱ある！　……って、あれ？」
勢い良く飛び込んだのはいいけど、中はカラ。
この時間帯、先生達は全員職員室に集まり、朝のミーティングのようなものをする。深沢先生も、例外ではない。
「深沢先生、サボりですかね」
どっちかっていうと、サボりはあたしたちの方ではないだろうか。
まだ授業が始まっていなくて良かった。出れるなら、なるべく出席したい。
「あの……、あたし、熱なんてないから……」
さっき額を触ったとき、分からなかったのかな。
体感温度なんて、当てにならないものだし、勘違いしたのかもしれない。

51

……だから、ずっと繋いでいるこの手をなんとかしてほしい。
手汗とか、すごいかも。気持ち悪いって思われたくない。
「熱ないんですか？　本当に？」
また、触れる……。
「触っちゃ、……やだ」
本当に熱が出そう。
性格がこんなだって知っても、ずっと遠くから見ていた人だし。
憧れていたし……。
悔しいけど、今でもまだ目で追ってしまうくらい、気になる人で。
こんなに近いなんて、困る。
戸惑って赤くなるあたしとは逆に、久我くんの表情はどんどん不機嫌になっていく。
「熱ないんですかー？　絶対嘘ですよ」
「いっ……⁉」
ごんっ！と、額に額をぶつけられた。
一瞬、目の前が真っ白になった。
頭突き……⁉　……じゃ、ない。
どうやら、今度は額で体温を計ることにしたらしい。
ここが教室とかならまだ分かるけど、……いや、やっぱり分からないけど、ここは保健室なわけで。
そんなやり方しなくても、体温計そこにあるから！
って、言えたらどんなにいいだろう。
今までで、一番の近距離。
言葉は全て、心の中で作られて外側に飛び出さない。
「や、やめ……っ」
「えー？　熱いですよね？　熱いですよ、多分」

やっと絞り出せた言葉は、完全に無視。
久我くんは、難しい顔で何かを考え込んだ後、やっとあたしを解放してくれた。
何でそんなにあたしを病人にしたいのか。
っていうか、久我くんのせいですでにもう具合悪いんですけど。
「おかしいなぁ。熱でもなかったら、緋芽先輩が自分から他の男を触るはずないのに」
「…………はい？」
何のことだろう。
どういうことだろう。
誰のことを言ってるんだろう。
「ほら、さっきの！　あれって男子でしょ？　それとも、ズボン履いた女子？」
脳裏に浮かぶのは、先ほどまでここで手当てを受けていたクラスメイト。
ズボン履いた女子って。……確かに、可愛いけど。
「俺だって触られたことないのにさー」
「久我くんは、自分から触ってくるでしょ……」
「そういうこと言ってんじゃないんですー！」
……久我くんこそ、他の女の子によく触るくせに。
最後に見た明日奈さんの顔を思い出す。
なんだか、悪いことをしている気がして、罪悪感を感じる。
なんであたしは久我くんとここにふたりきりになってるんだろう。
「ズルい。俺のことも触ってください」
「っあ……！」
手をギュッとつかまれ、引かれる。

あたしの手は、久我くんの頬へ。
眼前に映るのは、白いあたしの手と、相容れない小麦色の肌。
手の平に感じるのは、意外と熱い体温と、親指に一段とやわらかな感触。
唇に、触れて……。
「は、はな……して……」
熱い。
こっち見ないで。
つかまれているところが、一番脈が速い。
離れるどころか、頬に触れさせられたまま、顔が近づいてきて、
「先輩、真っ赤」
吐息すら感じる。
「よかった。さっきの人には、赤くなかった。……俺だけですよね？」
ぴくっと指先が震える。
きっと彼は、自らの肌でそれを知っただろう。
「なんで下向くんですか？」
もう無理。
呼吸が苦しい。
小刻みに繰り返して、胸が何度も小さく揺れる。
「もっと……見せて？」
息が出来ない。
「っ……！」
手のひらがずれて、親指の腹に、唇が……。
それに気付いた久我くんが、口角を上げた。
唇の形が変わるのを、ダイレクトに感じる。
もっと顔が近づいて、額同士がコツンと当たった。

キス……、され――
「……先輩のえっち」
冗談めいたことを呟いた後、やっと離れてくれた。
周りにまとっていた熱い空気が嘘みたいに冷たいものに変わって、久しぶりに思い切り吸い込んだ空気が喉を心地よく撫でた。
「あ、前髪くしゃくしゃ」
「やっ!?」
手が伸びてきて、前髪を手ぐしでとかれる。
こういうことばっかり、するから……。
「キスされるかと思っ――」
つい、心の声をもらしてしまいそうになり、
「ん？」
「…………思って、ない。全然」
苦しい言い訳。
こんなことを言ったら、また……
チラッと見る。
ほら、やっぱり笑った。
「したかったんなら、そう言ってくれればいいのに」
「し、したくな……！ したくない！」
慣れた手つきで、あごを捕らえられる。
こういう人だって知ってたけど。
久我くんにとっては、何人かの内のひとりだろうけど。
「……する？」
あたしは、１回もしたことないのに。
「からかうの……やめて……」
自分でも、泣きそうな声だと思った。
冗談でも、やめてほしい。

あたしは、久我くんとそんな関係は望んでいなかった。
ここから、見るだけ。それだけ。
本当に最初はそれで良かった。
それが良かった。
そう思っていたのに。
「ほんとに……やだ……、だめ……」
他の女の子と、一緒にしないで。
目を閉じて、見ていない間に、お互いの体は離れていた。
「ごめんなさい」
いつも元気なはずの彼の、静かな声。
目を開けるとそこには、頭を少し下げて、立つ姿。
「久我くん……」
「俺、どうやって先輩に近づいたらいいですか？」
先ほどまでとは打って変わって、しゅんとした表情。
「なんで……、あたしなの？　あたしじゃなくても、久我くんの周りには」
「だって先輩がいいんです」
きっぱりと言い切り、
「一番気になるから。それじゃダメですか？」
またいつも通りの、真っすぐな瞳。
久我くんはあたしに触れようとして手を伸ばし、ハッとして寸前で手を背中に隠した。
「教えてください。俺……」
背中に隠した手が姿を現す。
ゆっくりと距離を縮めて、頬に近づく。
「……逃げなくていいんですか？　触っちゃいますよ」
逃げられるわけがない。

ずっと見ていた人が、そこにいるのに。
あたしも、気になる。
この人が、どんな人なのか。
これ以上近づくのは怖い。
傍(そば)にいたら、どうなるの？

だけど、知りたい。
もっと知りたい。

「っ……」
頬に、他人の体温。
長い指の形が、分かる。
「本当に……白い」
そう言われるのは、嫌い。
なのに、黙って受け入れた。

保健室に近づいてくる靴音を感じ、久我くんは手を離した。
間もなくして、ドアが開いて先生が顔を見せた。
「あやっ、どうしたの？　ふたり、つっ立っちゃって」
「はーい、楽しいお勉強の時間、戻りまーす」
先生の問いかけに、久我くんは手を上げて答えた。
「じゃあ、先輩、また」
いつもの無邪気な笑顔になり、先生と入れ代わりで、ドアの入り口に移動した。
「まっ、また！　あの、また……ね」
あたしが叫ぶように返すと、
「はいっ。また会いに来ます」

ほんのり頬を染めて、笑って、出ていった。
「中倉さんと、久我くんかぁ。ちょっと意外な感じ」
「そんなんじゃ……なくて……」
そんなんじゃないなら、何なんだろう。あたしと、久我くんは。
「……そう」
先生は、多くは聞かず、あたしに体温計を渡してきた。
「あっ、いいんです。今日は、別に」
「そうなの？　だって、顔赤いわよ」
指摘されて、恥ずかしくて、顔を背けた。
あたし、今日はずっと久我くんのことばかり考えてるみたい。
ずっとずっと、考えてる。
離れたばかりなのに、「今何してるんだろう」って、気になる。

……次は、いつ会える？

悪いこと

「今度の練習試合、うちの学校でやるんですよ」
「そうなんだ……」
いつもの昼休み。保健室。
お弁当の後に、あたしがいるのは窓のすぐ傍。外側には、久我くん。
学校の中と外で、ひとつの窓を通して会話をしている。
こんなことが、最近は日常になりつつある。
「今度って、いつ?」
「日曜! 今週の!」
練習試合か……。
春からずっと久我くんを見てきたけれど、他校との試合というものをいまだに見たことがない。
「頑張ってね」
微笑んで、応援を意味する言葉を使ったはずなのに、久我くんは不機嫌顔。
「それだけですかー?」
「え、……え?」
足りなかったかな。
「勝つといいね。……?」
「あとは?」

「あと？」
語彙力が乏しくて、そんなにすぐ思いつかない。
「あとは、えーっと……、熱中症に気を付けて……」
「じゃなくて！」
久我くんは窓枠に手をかけ、身を乗り出した。
「！」
ち、近い！
「俺は、先輩に見てほしいんです！」
「えっ……」
それはつまり、応援に？
そんな発想、思いつきもしなかった。
あたしが久我くんを見れるのは、学校がある日だけ。
具合が悪くて、たまたま窓を見れる日だけ。
……今までは。
「……いいの？　見ても」
「はい！」
不機嫌顔から一転。火が点いたような明るさ。
「あ、でも、あたし……長い間、太陽の下は……」
多分、倒れる。
「ここからでいいですよ。見えるでしょ？」
「見えるけど……」
休日にまで、保健室。いいのかな？
後ろを見ると、会話を全て聞いていた深沢先生が笑った。
「ん？　いいわよ。私は、今週の日曜も学校に来るから、保健室の鍵も開けてるし」
「やった！　さすが深沢大先生ー！　教師のカガミ！　カガミって、どんな字？」

あたしがお礼を言うより先に、久我くんが大きな声をあげた。
「辞書ひきなさい。もう、あんた、本当に調子いいんだから」
先生が苦笑いでため息をついた。
「先生、ありがとうございます」
あたしもお礼を言う。
「いーえ？」
初めて……見れる。
久我くんの試合。
……試合？
「久我くん、出るの？　試合」
１年生のうちから、出してもらえるものなのかな。
「出れません」
あっさりと、久我くん。
「え」
と、あたし。
「まぁ、普通はそうよねー……」
肩をすくめて、先生。
「俺は、ほとんど応援だけなんですよ」
「そっか……」
少し残念。
だって、あたしは久我くんが楽しそうに動き回っている姿に惹(ひ)かれたから。
活躍するところ、見たかったな……。
「……がっかり？」
探るように、覗(のぞ)き込まれる。
「う、ううん！　全然！　そんなことない！」
気にさせてはいけないと思い、手を横にブンブン振って否定す

ると、
「全然って……。超傷つくからー!」
「え?　え?」
使う言葉を、選び間違えたらしい。
「み、見たいよ!　すごい見たい!　本当は、試合に出てほしい!」
「すいません、出れなくて……」
「あれっ⁉」
ますます落ち込んだ!
また言葉を選び間違えた。
「いや、でも、まだ1年生なんだし、しょうがないっていうか……」
これも、結局墓穴になる気がする。
と、思ったら、久我くんがお腹(なか)を押さえて笑うのを我慢している。
「……笑わないで」
「ごめんなさい」
クスクス声が漏(も)れているから、全く我慢は出来ていないけど。
「出ますよ。近いうちに、絶対」
ひとしきり笑った後、窓枠に左腕を預け、右手をにゅっとこちらに伸ばした。
小指を立てて、
「約束」
指きりを求めた。
戸惑って、指を出せない。
正直に言うと、恥ずかしい。
指きりとか、したことないし……。

62　ひみつごと。上

久我くんは、誰にでもこんなこと自然に出来ちゃうのかな。
いつまで経っても、何も行動に移さないあたしに業を煮やして、
「もー、先輩早く！」
「わっ!?」
強引に手を奪った。
「かなり恥ずかしいんだから、勘弁してくださいよ」
久我くんは赤い顔で、繋いだ小指を上下に揺らし始めた。
「……恥ずかしいの？」
「当たり前じゃないですか」
「そうなんだ……」
久我くんでも、恥ずかしいとか思うんだ。
あたし相手に。……思うんだ。
「そっか……、そうなんだ」
これを嬉しいと思うなんて、怒られちゃうかな。
だけど、久我くんの感情があたしで揺れるのが、嬉しい。
「……笑いすぎ」
ムッとした声で、ハッとする。
顔に出てみたい。
昼休み終了を告げるチャイムが鳴って、久我くんは手を離した。
「次会ったとき、覚悟しといてくださいね」
さらっと爆弾発言を残し、青空の下へ駆け出していった。
「な……何それ!?」
慌ててかけた声に返ってきたのは、後ろ姿のままバイバイする手の甲。
風に揺れる髪の毛が、太陽の光を吸い取って輝く。
白いシャツが反射する。
久我くんは、空の下がよく似合う。

「いいなぁ、青春」
あたしの後ろでは、深沢先生がクスクス笑っていた。

最近は、大分調子が良い。
今日も、最後まで授業を受けられるかもしれない。
そんなことを思い、弁当箱を持ちながら保健室から教室に戻る途中、3人の女子に出会った。
靴に描かれたラインの色は、緑。1年生。
その中心は……、
「あ」
あたしに気付いて声を出したのは、その女の子。
……明日奈さん。
「んー？　なにー？　明日奈」
あたしは下を向き、3人とすれ違う。
下を向いていたけど、視線はばっちり感じていた。
「あの人、最近真幸と……」
……聞こえる。
せめて、姿が見えなくなってから噂にしてほしい。
「真幸？　ってか、あの人ってあれじゃん？　えーと、白雪姫」
明日奈さんの左隣の人、聞こえてますよ……。
あの子は、白雪姫派なんだ。
……あだ名付けすぎ。
本当に、やめて。
「白雪姫？　ああ、それってあの先輩だったんだ？　……ふーん……」
明日奈さんも、あだ名くらいは知っていたらしい。

わざとなの？　全部本人に筒抜け。
走り去りたいけど、……体力ないし。
早く声が届かないところへ。
階段。この、2階に続く階段を上れば……

「真幸って、変なもの好きだよねぇ。飽きるの早いくせに」

聞きたくないなら、耳を塞げば良かったんだ。
そんなことに、今さら気付いた。
3人の笑い声が遠ざかる。
あたしは、階段の下から5段のところから動けないでいた。

「なんだ？　早く自分の教室に……、ああ、中倉か。どうした？　具合悪いのか？」
しばらくして、教材を持って上がってきた先生に、声をかけられた。
「いえ……、全然。今行きます」
あたしだから、そんな心配をされて。
あたしだから、具合が悪くて当然で。
あたしだから、普通じゃないことが普通のこと。
本当……、嫌になる。

廊下側にあるロッカーに弁当箱をしまい、教室に行くと、すでに先生がいた。
「ごめんなさい、遅れました。遅刻届……」
遅刻届は、職員室にある。取りに行こうとすると、
「ああ、中倉ならしょうがないから。席に着いて」

先生に止められた。
教室の中を見ると、女子同士でひそひそ話をしているのが目に入った。
あたしは、唇を噛み、
「いえ……、遅刻届書いてきます。具合悪くないんです。本当に……ただの遅刻なので……」
先生の返事を待たず、教室を出た。
廊下を歩いている間に、潤んで目の前がぼやけてきたけど、零してしまわないよう必死でこらえた。

その時間の授業のことは、よく覚えていない。
何だか疲れてしまって、終わるなり机に突っ伏してしまった。
「はぁ……」
あと1時間で、放課後。
早く終わらないかな。
グラウンドの久我くんが見たい。
……会いたい。
「ひーめちゃん？　眠いの？」
頭上から声をかけられ、顔を上げるとそこには内山くんが。
「ううん、ちょっとだるいかなって思ってただけ」
「そう？　なんか、ため息ばっかついてたよね」
見られてたか。
苦笑いでごまかす。
内山くんの笑顔って、落ち着く。癒し系だなぁ……。
「緋芽ぇ、ちょうどよかった。前に言ってたノートのコピーあげるよー」
あやめが、クリアファイルに紙の束を入れて、渡してくれた。

「あれー？　ウッチーお久ぁ」
「あやちゃん、俺たち毎日会ってるよ」
「そうだっけ？　あっはは」
あやめの性格なら、毎日が楽しそうな気がする。
「ありがとう。コピー代払うね。これ何枚あるの？」
「あ、コピーはね、印刷室の勝手に借りたからタダ。バレたら、代わりに怒られてねー」
……なんてうらやましすぎる性格。
「あやちゃん凄いね。今度俺にも教えてー？」
「まかせなさい」
あやめが、内山くんに向かってビシッとピースを作ってみせた。
こんな時、教室に戻ってきて良かったって思える。楽しい。
ずっと、こんなふうにいられたらいいんだけど……。
調子が良いのは、今度はいつまで続くだろう。
あたしは、ふたりに気づかれないよう、小さくため息をついた。

放課後は、お決まりの保健室。
「失礼します……」
「あら、中倉さん」
深沢先生は、もうあたしが保健室に入ったくらいじゃ体温計は渡さない。
特に何も聞かず、ニコニコむかえてくれるだけ。その気遣いが、とても助かる。
グラウンドには、まだ誰もいない。
今頃は……、着替えている時間かな。
窓に近づくと、窓枠が熱気でジリジリ焼けるみたい。
窓は朝から開いていたけど、風が生暖かくて不快に感じる。

「暑い……なぁ……」
肌に感じる気持ちを素直に声に出す。
「そうねぇ。中倉さんは、特に熱中症には気を付けなきゃダメよ？　はい、冷たいの」
そう言って、先生がグラスに入った麦茶をくれた。
「ありがとうございます」
「内緒ね？」
先生自身もグラスに口を付け、笑った。
窓枠にもたれかかって、麦茶を一口。
美味しいの感想よりもまず先に、喉に冷たいものが流れてきて気持ち良いと感じる。
じーっと１点だけを見ていたら、ようやく石段に人の姿が現れた。
やっぱり、久我くんが誰よりも早く訪れる。
今日は、隣にマネージャーはいないみたい。
ホッと胸を撫で下ろすと、あたしに気付いた久我くんがこちらに小走りで向かってきた。
「せんぱーい！　なにそれ？　いいなー、何飲んでるんですか？」
内緒だと言われたばかりなのに、早速バレた。
「先生の麦茶。本当は内緒なんだけどね」
「先生ズルくなーい？」
久我くんが抗議すると、
「今、先生の耳は有給休暇中ー」
よく分からない言い訳が返ってきた。
「ふーんだ。先輩、口止め料」
「え、――あ」

グラスを持つ手ごと握られ、前方に吸い寄せられる。
そして、
「奪っちゃった。……間接キス」
固まるあたしの目の前には、舌をペロッと出して無邪気に笑う顔。
「ごちそうさまでーす。バイバーイ」
手を振って、走って、あたしがハッと意識を取り戻した時には、すっかり姿が小さくなっていた。
「こっ、こら！」
グラスを持つ手が震える。
油断していた。
「もう……」
本当に、今日はあつい。

石段を下りていた久我くんが、
「まっ、真幸、真幸！　ちょうど良かった！」
呼ばれた声に振り返ってまた上り始めた。
視線の先は、ひとりの女の子。
「ラッキー。真幸がいて良かったよぉ」
明日奈さんが道具を抱えているのを、久我くんは半分以上引き受けた。
「なぁなぁ、毎回思うけどさ、道具乗せるキャスターあるじゃん。それで運んだほうが楽なんじゃね？」
「バカだなぁ。それだと、この階段どうやって下りるってー？」
「あー、マジだ。お前天才」
「真幸と比べたら、大抵(たいてい)は天才だし」
ふたりの会話も、笑い声も、どんどん遠ざかっていく。

69

さっきまで、近くにいたのはあたしなのに。
明日奈さんが不意にこちらを見て、フンッと鼻で笑った。
隣の久我くんは、気付いていない。
——『真幸って、変なもの好きだよねぇ』
どうせ……、普通じゃないよ。
——『飽きるの早いくせに』
あたしだって、久我くんのことを１から10まで信用しているわけじゃないし。
勝手に見はじめて、知り合ったばかりで。
友達でもないし、もちろん彼氏なんかじゃない。
ただ、信じたいと思い始めていただけで……。
だから、少し悲しくなっただけ。
……それだけ。
冷たかったはずの手の中のグラスは、温くなっていた。

ここから少し顔を出しているだけでもこんなに暑いなら、外はもっと熱気がすごいんだろうな。
キャッチボールを始める久我くんと、それを見つめる明日奈さん。
……くらくらする。
軽いめまいを感じて、あたしは窓から離れた。
「どうしたの？」
いち早く先生が気付いてくれて、
「なんか……ちょっとフラフラ……」
「大変！　ベッドまで歩ける？　良くなるまで寝てなさい」
肩を借りて、ベッドへ向かった。
いつもの、窓際のベッドへ寝転がる。

外が見える。声が聞こえる。
窓に背を向けて、目を閉じた。

「せーんせーい？　緋芽先輩って、まだいる？」
カラカラと控えめに開けられるドアの音と、意識的に抑えられた声に、目を覚ました。
体の向きをコロンと変え、窓を見ると薄暗くなっていた。
いつの間に……。
「あら、久我くん、部活お疲れさま。中倉さんね、ちょっと具合悪くて寝てるの。どうかした？」
先生の言葉で、相手の正体を知る。
「や、なんか……、すごい早く窓から消えたから、帰ったのかと思ったんだけど……」
あたしが見ていないこと、気付いてたんだ……。
先生が「ふふっ」と嬉しそうに笑った。
「ずいぶん大事に想ってるじゃない？」
ビクッと体が強ばる。
なんてこと聞いてるの？
本人、バッチリ目覚めちゃってるんだから！
久我くん、なにか答える……かな？
否応なしに速くなる鼓動。
そして、
「別に大事とか……、そんなんじゃ……」
歯切れの悪い答え。
否定の意味にもとれる言葉。
「先輩寝てるの、ここ？」

「そうだけど……、あっ、ちょっと、こら！」
「！」
何かしらの感情を持つ暇もなく、ベッドの周りのカーテンを開けられ、とっさに眠るふりをした。
「寝てる……」
「当たり前じゃない。女の子の寝顔、いつまでも見ないのよ。ほら」
本当は目を閉じているだけだから、丸聞こえ。
呼吸をするだけでも緊張する。
胸を触られれば、この速すぎる心音でバレてしまうだろう。
いや、……寝ている女子の胸を突然触る男子なんて、どうかと思うけど。
「寝てるんですか？　先輩」
「っ……！」
フワッと、壊れものを扱うように、額に手が触れた。
驚いて、目を開けそうになってしまった。
声を出さなかった自分を褒めてあげたいくらい。
「熱い」
そんなに冷静に言っている暇があるなら、離してほしい。
顔に血が集まらないように必死なこの気持ちを、分からせてあげたい。
「ば・か・も・の！」
先生の怒る声と、パンッ！と、頭を張り飛ばす音が。
久我くんの体が揺れて、それが手を通してあたしにも衝撃が伝わった。
「先生、緋芽先輩が熱い」
「具合悪いって言ったわよね？　いい加減離れなさい」

72　　ひみつごと。上

「はぁーい」
渋々返事の後、手の重みが消えた。
「人間って、寝てる間は体温低いんだと思ってた」
その小さなひとりごとは、あたしには届いていた。
起きたばかりだし、それでいきなり体温が変わったわけじゃないだろうから、寝てても起きてても元々熱はあったのだけど……。
狸寝入りがバレたのかと思ってしまった。
「緋芽先輩、起きたらどうすんのかな。帰れんのかな」
「中倉さんなら、私が車で送っていくわよ。まだ熱下がらないみたいだしね。歩くのは辛いだろうから」
「そっか。歩けないか。……そっか」
久我くんが、残念そうに息を吐く音が聞こえた。
……いつ起きたことにしよう。
とりあえず、久我くんがここから居なくなってからにしよう。
「なーに？　自分で送っていきたかったとか？」
──！　ちょ……、先生！　せ、先生⁉
またもや、何か嬉しそう。というか、楽しそう。
起きてる！　あたし、起きてるからやめて！
久我くんは、ムッとした声色で、
「先生意地悪だから、教えなーい」
そう言い残し、保健室の扉を開けた。
ちょっとだけ。
ちょっとだけ、残念。
聞こえないように、ため息を吐く。
深沢先生がせっかく送るって言ってくれたんだし、あまり遅くなったら申し訳ない。

そろそろ起き上がっていこうとすると、
「先生！」
また扉が勢い良く開く音が響いて、起こしかけた上体をまた沈めた。
びっくりした。また久我くんの声だ。
「えっ？　なに？」
先生も、驚いた声。
「……チャリの後ろとかなら、大丈夫ですか」
「チャリ？　後ろ？　何が？」
「先輩」
……あたし？
先生は、ワンテンポ遅れて大笑いし、
「だめー。ふたり乗りは、法律違反なのよ？」
「分かった。明日から、チャリ通にする」
「ダメだって言ってるでしょ！　こら、久我くん！」
先生の話が半分にも満たないうちに、また扉が開いて、すぐ閉まった。
「全く……、あの子は声大きすぎなんだから。——あ」
先生が思い出したように声を上げ、カーテンを開けてそっとあたしを覗いた。
「あれだけ声大きかったら、さすがに起きちゃうわよねー？」
眠るふりは、間に合わなかった。
間に合っていたとしても、真っ赤な顔色でどうせバレていただろうけど。
困ったように笑う先生に、あたしは掛け布団を握って小さくうなずいた。
「送っていくわね。起き上がれるかな？」

74　ひみつごと。上

「……はい」
会話を聞いていただけに、気まずい。
久我くんのあの言葉は、あたしのため……だったりするのだろうか。
ベッドから下りて、自分の足で立つと、寝る前よりも体が重たく感じた。
ふたりで保健室を出て、先生が鍵をしめた。
廊下は電気がついているけど、外が薄暗いから、もの悲しいような変な気持ちになる。
「中倉さん」
黙っていた先生が、あたしを呼んだ。
「え？」
「ふたり乗りするなら、学校が見えなくなってからね？」
「…………」
「自転車の荷台って、そのまま乗るとお尻痛いから、座布団とか敷いたほうがいいと思うわよ」
明るい声に、不安な気持ちが顔を出す。
「それ……、久我くんは本気で言ってると思いますか？」
先生は面食らった表情の後に、目を細めて笑顔を作った。
「どうかなー？　先生は、久我くんじゃないから、分からないなー」
「そんな……」
確かにそうだけど。
正論に、肩を落として落ち込むと、
「中倉さんは？」
逆に質問を受けた。
「あたし？」

「中倉さんは、どっちがいい？」
「あたし……は……」
今日の明日奈さんの言葉とか、久我くんの冗談めいた行動とか……、思い出す。
物珍しさからかもしれない。今だけなのかもしれない。
だけど、先生が聞いているのは、"あたし"の気持ち。
それなら、考えるまでもない。
「本気だったら……いいなぁ……」
もっと近づいてみたいから。

その日は、家に帰ってから、何だか嫌な予感に襲われた。
妙に体がだるくて、熱を測ったら微熱があった。
調子がいいのが続いていたのに、やっぱりこうなる。
夜は、久我くんの夢を見た。ふたりで、自転車に乗って下校する夢。
とてもとても幸せな気持ちだったけど、翌日目が覚めたら全て消えてしまった。
昨夜よりも熱い体。重いまぶた。
自分自身なのに、思い通りにならない。
学校に行けないと悟って、久我くんが自転車で登校するのかと思ったら、涙が出た。

「緋芽、どう？　学校には休むって連絡しておいたからね」
「うん……」
お母さんが、部屋に氷枕を持ってきてくれた。
頭の下に敷くと、ゴツゴツかたくて更に頭が痛くなったような

気もするけど、最初だけだと自分に言い聞かした。

それから1時間ほど寝ていたら、枕元に置いてあるケータイがメロディを奏でて鳴り響いた。
ピタッとすぐに止んだから、着信じゃなくてメールの受信。
相手は、あやめ。
『熱大丈夫？これでも見て元気出せーい！Ψ(∀´#)』
メールには、画像も添付されていた。
担任の先生の頭に、どこからもぎ取ってきたのかヒマワリの花を乗せている写メ。
男の先生だから、迷惑そう。
女の先生だったとしても、迷惑だろうけど。
っていうか、今授業中だよね？
あやめのやりそうなことだと思うとおかしくて、笑ったら咳が止まらなくなった。
苦しくて、情けない。
誰にも見られていなくて良かった。
部屋の壁にかけられたセーラー服が目に入る。
学校……行きたいな。
あやめに、直接「ありがとう」って言わなくちゃ。
また授業にも遅れてしまう。
久我くん……、自転車で登校したりしないでね。あの言葉は、その場限りの冗談にしておいてね。
そうじゃなきゃ、期待してしまうから。
今日は、木曜日。
日曜日までに、治りますように。
グラウンドの久我くんが、見れますように。

制服に祈りをこめて、また目を閉じた。

そのまま金曜日は休んで、少し症状が軽くなった土曜日に、病院に行くことにした。
行き付けの病院は土曜日は午前中しか診察してもらえないから、朝早く家を出た。
待合室での待ち時間は長くて、家で大人しくしているほうがマシなんじゃないかといつも思う。
だけど、診察を受けないと薬を出してもらえないし。
いつもなら、薬を飲むまでもないのだけど、今回は特に確実に治したいし……。
朝早く行っても、終わるのは毎度診察時間終了ギリギリ。
やっぱり、朝より具合が悪くなった気がする。
前回と同じ薬を処方されたのと、"朝晩食後30分以内に服用"の文字を確認し、バッグにしまった。

「暑い……」
外に出ると、ジリジリと日差しが強い。
日傘をさすのは目立つから苦手だけど、今のあたしがそうも言ってられない。
案の定、視線を感じる。
気になりだしたら、そればかりに意識がいってしまってしょうがない。
あたしは、近くのコンビニに足を運び、身を隠した。
冷房が効いていて、涼しい。
お昼を過ぎているけど、お腹(なか)は減っていない。この暑さも手伝

って、余計に。
そうは言っても、薬には"食後"と書いてあったし、とりあえず何かを食べなきゃ飲めない。
お医者さんは、「一口だけでもいいから、食べてから」って言ってたし。
……ゼリーとかでもいいよね。
ちょうどいいから、買い物してしまおう。
そう思い、飲み物とゼリーだけをレジに持っていった。
その時、ふと外の方を見ると、店の前を自転車が通り過ぎた。
「――！」
野球のユニフォームを着ていた気がして、まだ会計途中のレジから離れる。
砂で汚れた、縦じま模様の服。
その肩につかまりながら、後ろの車輪のステップ部分に立って乗っているのは、学校指定のジャージを着た女の子。
あたしが見たときには後ろ姿に変わっていたけど、あれは……。
「お客さま？」
「あっ……」
レジの店員に声をかけられ、戻って支払いを済ます。
ふらふらおぼつかない足どりでコンビニを出て、……多分家まで歩いて帰った。
ボーッとしていたから、あまり覚えていない。
日傘は、コンビニの傘立てに忘れてしまったらしい。
……あれは、うちの高校のジャージだった。
運転していたのは、練習帰りの野球部員。
見間違いであるように願ったけど、同時にそれが無駄なことも分かっていた。

あたしは、彼を誰かと見間違ったことがなかったから。
「あたしだけなわけ……ないのに……」
また、都合のいい勘違いをしてしまった。

翌日。日曜日。
食べる気にならないけど、朝ご飯を無理に胃に押し込め、薬を飲む。
苦い苦い、粉薬。
具合が悪くなるたびに同じ薬を飲んでいるから、この味がトラウマになりかけている。
「本当に出かけるの？　やめたほうがいいんじゃない？」
薬を飲んで表情を歪めるあたしに、お母さんが心配そうに言った。
「ううん、今日だけは……行かせて」
昨日の光景が目の前をちらついて、見たい気持ちと見たくない気持ちが半々。
マネージャーなんだから、当然あの子も同じ場所にいるわけで。
だけど……
――『俺は、先輩に見てほしいんです』
あたしも……、見たい。会いたい。
その言葉を、信じてみたい。

昨日までより、体は軽い気がする。
大丈夫。歩ける。
保健室で、会いたいから。
自分の日傘はコンビニに置いてきてしまったから、お母さんの

お古を借りた。
やっぱり目立っているけど、学校に着いたとたんに倒れるよりは全然いい。
学校に近づくと、もう練習をする声が聞こえた。
校門の中には、バスが止まっている。
これは、練習試合の相手の高校のもの。
校舎の中は、日差しがない分涼しい。
靴を履きかえ、まっすぐ保健室へ。
以前予告してくれた通り、日曜なのに白衣を着た深沢先生がいた。
「中倉さん!? 大丈夫なの? 休んでたって聞いたけど」
「はい、……来ちゃいました」
ちゃんと笑顔はつくれただろうか。
元気がなくて、情けない表情だったかもしれない。
「もう、無茶しちゃって……。せめて、ベッドの上で見てなさい。心配だから」
「すいません」
聞くまでもなく、窓際のベッドがあたしの指定席。
窓を開けて、ベッドに座る。ふかふかな座り心地。素足の部分がさらさらのシーツに触れて気持ちいい。
グラウンドには、いつもの倍の人数。
そんなに近い距離でもないのに、何ですぐ見つけてしまうんだろう。
試合は始まっていなく、部員皆でキャッチボールを繰り返している。もちろん、久我くんも。
こちらに背を向ける形だけど、帽子もかぶっているけど、分かる。

昨日見かけた背中と、同じ。
ピーッ！と、先生が吹くホイッスルを合図に、キャッチボールが終わった。
上級生が使ったボールを、1年生が回収しはじめる。
久我くんが抱えたボールが転がり落ちて、それを明日奈さんが拾い集めた。
明日奈さんは、久我くんの頭にボールを乗せて笑っている。
なに、話してるんだろう……。聞こえない。
保健室。ここから先に飛び出せない自分が悔しい。
「気やすく触らないで」とか、「近づかないで」とか……。
言える権利が欲しい。

試合が始まった。
本人が言っていた通り、久我くんは応援。
ひいき目かもしれないけど、彼の声が一番響く。
一番聞こえる。誰も敵わない。
あ、大声出した。
自分たちのチームに、チャンスが回ってきたらしい。
手を上げて喜んでいる。
どうやら、点が入った模様。
すごく笑顔。
……可愛い。
ごめんなさい、野球部の先輩方。試合は一切見ていません。
久我くんがいなかったら、グラウンドを見る意味がないから。
あたしは……久我くんのことを……——。

試合が終わるのは思ったよりも早くて、お昼を少し回ったとこ

ろで、相手チームの姿はグラウンドから消えた。
結果は結局、最初に入れた１点のみ。あとは全て相手チームのもの。
「皆頑張ってたね」
先生が、嬉しそうに微笑む。
試合の結果よりも、努力していた姿に心を打たれたように見える。
「先生が差し入れ持っていってあげよっかな」
そう言って、部屋の隅からビニール袋をふたつ取り出した。中身は、どうやらスポーツドリンク。
「中倉さん、調子いいみたいだったら、ちょっと手伝ってもらえるかな？　辛いなら、そのまま休んでて」
ずっと座らせてもらっていたおかげか、調子はいい。
朝飲んだ薬も効いてきた。
「はい」
やっと、……近くに行ける。

「お疲れさまー！　差し入れ持ってきたわよー！」
深沢先生が大きな声を出してグラウンドに歩いていく。一歩離れて、あたしも。
野球部の皆は、歓喜の声を上げた。
「すみません、深沢先生」
「いーえ、いえ。はい、日下先生の分」
野球部顧問の日下先生に、深沢先生が袋の中のものをひとつ手渡した。
「中倉さんも、配ってもらっていいかな？」
「あっ、はい……」

先生は3年生に配りはじめ、あたしには1、2年生のいる方を指差し、誰にも見えないようにウィンクした。
この心配りは、喜んでいいものなのだろうか。……恥ずかしいんですけど。

まずは、2年生に。
クラスメイトもいるようだけど、今がほぼ初めての対面になる。
部外者だから、微妙な居辛さを感じる。
「ど、どうぞ……」
「あれ、ヒメ？　サンキュ。日曜日に何やってんだ？」
受け渡すと同時に声をかけてきたのは……、確か同じクラスの……、綿貫くん。
下の名前までは知らない。
"ヒメ"って、それ絶対頭の中で"姫"って変換して言ったでしょ……。
正直、初めて話したのに馴れ馴れしい……とか思う。
返事をせず、早々に2年生を終え、1年生に。
1年生の方を向くと、ビニール袋をひょいっと取り上げられた。
横を見ると、明日奈さん。
無表情だったのに、
「ありがとうございます、先輩。あとはあたしが。部外者の方にめんどくさいことさせられないし」
嫌味っぽく"部外者"を強調して、にっこり笑った。
あたしがポカーンとそのまま固まっていると、
「はい、真幸のー」
勝手に配りはじめた。
確かに、部外者だけど。その差し入れだって、深沢先生からだ

けど。
だったら、2年生に渡す前から、代わってくれれば良かったんじゃないの。
苛立つ気持ちは感じるけど、反論できないのは、彼女の言葉が全て正論だから。
「先輩」
久我くんがあたしに声をかけようとしたけど、
「ほらー！　1年は、片付け始めようよ！　どんどん帰るの遅くなっちゃうんだから」
「ちょ、待っ、こき使いすぎ！」
明日奈さんが久我くんの背中をぐいぐい押して、連れていってしまった。
他の1年生も、後についていく。
「先輩たちはごゆっくりー」
振り返ってこちらを見る顔は、なんていうか、……どや顔。
「マネージャーは働き者だな」
綿貫くんが、あたしの隣でのん気に言う。
「そんなわけないでしょ……」
「なんだ？」
ボソッと呟いた声に、綿貫くんが不思議そうな顔を向けた。
「中倉さん、戻ろっか」
様子を見守っていた深沢先生が、眉を下げた笑顔をつくって手招きをした。
「お腹すいちゃったね？　保健室にお菓子いっぱい隠してるから、あげるわね」
……隠してるんだ。
先生と一緒に保健室へ逆戻りしようとすると、

「真幸ぃ、今日もチャリ？　また後ろ乗せてよぉ」
遠ざかったのに、何でこんなにはっきりと聞こえるの？
地獄耳じゃないはずなのに。
聞きたくないのに……。

保健室に再び戻り、ベッドではなく椅子に。
「はい、麦茶。もう寝てなくていいの？」
「はい」
これなら、明日からまた学校に行ける。
薬がもっと早く効けば、ちゃんとしっかり見られたのに。
「何がいい？　これ、コンビニのワッフルなんだけど、すっごく美味しいのよ」
机の上に、どちゃっとたくさんのお菓子が用意される。
どこにしまっていたんだろう。
深沢先生って、自由……。
「いただきます」
先生オススメの、ワッフルの袋を開ける。
甘い。周りをコーティングしている砂糖がパリパリの食感。
何かを食べて美味しいと思えるなんて、久しぶりな感じがする。
具合が悪いと、口に入れても苦痛だと思うことすらあるから。
窓の外に見えるのは、数人の部員だけ。
もうそろそろ帰るんだろうな。
1年生は片付けを済ましてからだから、まだその辺にいるだろうけど。
その後、ふたりで帰るのかな。昨日みたいに、くっついて……？
「まだ食欲戻らない？」

「えっ?」
「手、止まってるから」
一口食べたきり、手に持ったままボーッとしているあたしに、先生がチョコを片手に首をかしげた。
「えっ、や! ううん! おいしい!」
「やっぱり? それね、学校の近くのコンビニにしかないのよねー。うちの近くにもあったらいいのに」
学校の近くのコンビニ。昨日、日傘置いてきちゃったんだっけ。
昨日……。
会話を全部久我くんに繋げてしまう思考回路をどうにかしたい。
「明日は学校に来れそう?」
「え? 多分……」
先生が、次の袋を開ける。フルーツマシュマロ。
「久我くんがね?『先輩いないの?』ってしつこくて。はい、どうぞ」
あたしにも、マシュマロをすすめてくれたから、薄いピンクのものを口に入れた。
いちご味。
「中倉さんが見てないと、つまんないみたいよ」
「…………」
何も答えられず、うつむいてマシュマロを口に運ぶ。
メロン味。……甘い。
本当かな。信じていいのかな。
素直に嬉しいと思っていいのかな。
本当だったとして、信じたとして、……あたしはどうしたいの?

しばらく先生と話しながらお菓子をつまんでいると、バタバタと走る靴音が保健室に近づいてきた。
「あ、また来た」
「？」
ブッと吹き出した先生と顔を見合わせる。
「いる⁉　まだいる⁉　今日はいる⁉」
バン！と、引き戸が跳ね返るくらい勢い良く開けて入ってきたのは……
「よっしゃ！　いた！」
「……久我くん？」
ユニフォームは砂だらけ。頰にも乾いた砂が付着している。
日に焼けて、赤い。
「あー、先生いきなりトイレ行きたくなったかも」
「ええっ⁉」
見事なまでの棒読みで、深沢先生が立ち上がった。
「先生、空気の読み方うまくなったー」
「うるさいわよ」
久我くんにべーっと舌を出し、先生が半分開いている扉から出ていった。

「すっげー久しぶりに見た気する」
今まで先生が座っていた椅子に、代わりに久我くんが座る。
「あたしは……昨日見た……」
「ん？」
「あ、ううん」
聞こえなかったらしい。うん、それでいい。
こんな感情、口から出すつもりじゃなかったの。

「あの……、久我くんひとり?」
また自転車の後ろに乗せてって言ってたから、帰るときまでずっと一緒にいるものなのだと思ってた。
本当は、保健室に顔を出してくれたことすら不思議に思ってるくらいで。
「え、俺ひとりじゃダメですか? もっとイケメンがいい? 俺以上って、中々いないですよ」
最後の一言は、間違いなく冗談。
……多分。
「ふっ……」
ダメだ。笑う。
「何で笑ってんですか。俺はいつでも本気ですけどー?」
「うん……、ふふっ」
なんか、どうしよう。泣きそう。
傍(そば)にいる。
あたしだけの、傍にいる。
「久我くんだけで良かった。ひとりで来てくれて、嬉しい」
素直に、そう言える。
嬉しいと思っているのに、涙が出る。
頬を伝って、落ちる。
久我くんは笑顔を消して、あたしの顔に手を伸ばした。
「……そういうの、言わないでください」
涙の跡(あと)を、指がなぞる。
「俺以外には」
目と目が合って、逸(そ)らせない。
いつもみたいに、恥ずかしくない。何でだろう。
今なら、何でも言える気がする。

89

気持ちを閉じ込めず、心のなか全部。
「自転車……」
「ん？」
「……乗ってきてるの？」
「はい。あれ、何で知ってるんですか？」
目の前は久我くんなのに、脳が見せるのは昨日の光景。
自転車の後ろは、あたしのためだと思ったのに。
うぬぼれでもいい。勘違いでもいい。わがままだって、思われてもいい。
本当は、閉じ込めておきたかったあたしの気持ち……。
「後ろ……、女の子乗せちゃ……やだ」
逸らすつもりはなかったのに、目を閉じて下を向いてしまった。
「先輩？」
いきなり恥ずかしくなってきた。
でも、言わなきゃ良かったなんて思わない。後悔はしてない。
心臓って、高鳴りすぎると息苦しいんだ。
喉のところが、一番脈打ってる感じ。
久我くん、どんな顔をしているだろう？
「そっか。分かりました」
あっさりすぎる返答に、顔を上げる。
すると、
「法律違反なんですよね」
「……はい？」
何の話？
「そういえば、深沢先生が言ってた。2ケツは、違反だって」
「いや、違……」
「違うんですか？」

90　ひみつごと。上

「ち、違わないけど」
違う。や、違わないけど、そうじゃない。
あたしは、そんなことをわざわざ勇気を出して言ったりしないから！
天然？　わざと？
多分、前者。
「あのね、久我くん、そうじゃなくて……」
もう1回言えっていうの？　しかも詳しく？
あんなに恥ずかしいことを。
「く、久我くん……、あたしは……」
もう一度声を絞りだす。
勘弁して、もう。
顔、熱いし。
胸、苦しいし。
火を点けたら、きっとすぐ燃えちゃうよ。
どう切り出すべきか迷って、口ごもっていると、
「んー……。あ、だったら先輩しか乗せません」
マイペースに口を挟まれた。
「共犯」
それは、何かを企むような、悪い笑顔。
「だから、見つかったら、一緒に捕まってくださいね」
久我くんは、不思議。
子供みたいに笑ったり、突然真剣な顔を見せたり、本気か冗談か分からないことを言ってみたり……。
くるくる変わる。
そのたびに、惑わせる。
そのたびに、離れがたくなる。

91

「んじゃ、先生が戻ってくる前に帰りましょっか」
「え、どうして？」
出来れば、あいさつくらいはして帰りたいのだけど。日曜日にまでベッドを使わせてもらったし。
久我くんは、あたしの手を取り、
「今から悪いことするから」
そして、ギュッと握った。
「ひみつですよ」
その笑顔には、どんな意味が含まれているんだろう。
"ひみつ"って、こんなに甘い響きを持った言葉だったっけ？
久我くんに手を引かれ、保健室を出る。
廊下には、誰もいない。あたしたち、ふたりだけ。

途中、トイレに行ったはずの深沢先生が職員室から出てくるのと鉢合わせた。
「あら、帰るの？」
「あ、あの……、せん——っん!?」
応えようとしたら、久我くんに手で口をふさがれた。
「さよならー」
久我くんが言いながら、早歩きで通り過ぎる。
手を繋いで、口をふさいで、体勢がちょっと辛い。
「こーらぁ？　変なことしたらダメよ？」
先生が呆れた声を出すのを、背中で聞く。
「しませんよーだ」
そう言う顔は、言葉と正反対。
「まあ、いいわ。気を付けて帰ってね」
「はーい」

92　ひみつごと。上

あたしは応えられない代わりに、ぺこっと頭を下げた。
それはそうと……
「っん……」
実は、息苦しい。
鼻はふさがれなかったけど、すぐ傍には手があって。
息づかいとか、知られるのが恥ずかしくて、ろくに呼吸をしていない。
「あっ、ごめんなさい。息出来てないっぽい？」
やっと離されて、通常よりも大きく吸い込んだ。
手は……まだ離す気はないみたい。

お互いの手が離れたのは、靴箱。学年が違うから、さすがに場所も距離がある。
……少し残念だと思ったのは、ここだけの話。
その後に駐輪場に行って、久我くんがポケットから自転車の鍵を取り出した。
"久我桐人"と、書かれた自転車。
くが……きりと？って読むのかな。誰？
「これ、久我くんの？」
「やー、俺のパンクしちゃってて。これは、兄貴が中学の時に使ってたやつ……」
お兄さんいるんだ。
そこまで言って、久我くんはあたしの顔をジーッと見出した。
「……なに？」
「…………」
応えない。
……また熱くなってきたんだけど。

93

「……あんまり見ないで……ほしい」
って言っても、
「いつまで"久我くん"ですか？」
聞かないんだよね。マイペースだから。
「先輩、もしかして俺の名前知らないとか……」
「しっ、知ってるよ！」
いぶかしげに見られて、思い切り否定する。
知らないはずがない。それは、ありえない。グラウンドで見つけたその日に、名前を調べたあたしが。
「久我…………真幸……くん」
本人を目の前に、下の名前を口にしたのは初めて。
「"久我"、いりません」
「あの、でも……」
「いりません」
有無を言わさない眼力。
下の名前とか、そんな、なんか……凄（すご）い親しい仲みたい。
親しい仲……に？
「……真幸……くん？」
恐る恐る下の名前だけを言い、顔を見ると、
「はい」
本当に、嬉（うれ）しそうに笑ってくれた。
「……真幸くん」
もう一度呼ぶ。
目の前の彼は、ずっとニコニコ笑っている。
本当に、不思議。
今までより、1文字増えただけ。
ただの名前。"ま""さ""き"の、ひらがなを3つ並べただけ。

……なのに。
自分の口が、声が、それを発声していると思うと、それだけのことを愛しく思う。
「じゃあ、帰りましょー。あ、そこ尻痛くなるから、これ敷いてくださいね」
「ありがとう……」
ジャージを受け取り、折り畳んで荷台に置く。
……座っていいのかな。服なのに。
ためらっていると、
「？　早く、先輩。置いていきますよ」
「あっ、うん……。よろしく。……真幸くん」
「はーい」
この、気持ちは……。

お言葉に甘えて、ジャージの上に座る。
車輪がふたつだからだろうか。ふらふら揺れて、心もとない感じ。落ちそうになる。
漕ぎだそうとした彼が、振り返った。
「つかまんないと危ないですよ」
…………。
一瞬、考える。
つかまるところ、……ない。
ハンドルは、運転席にしかないわけだし、あたしの目の前には背中がひとつあるだけ。
「もー、ここ！　こうやって！」
「わっ!?」
行動を起こさないあたしに痺れを切らしたらしく、腕を引かれ

95

た。
そして、そのまま腕を背中から巻き付けられる形になって……
「！」
「うん、これなら危なくないです」
顔も、体も、ぴったりと背中にくっついて、抱きつく形になった。
「わ。先輩の体、あっついかも」
前を見た彼が、また振り返りそうになり、
「やっ……、みっ、見ちゃダメ！」
自らもっと背中に顔を埋め、叫んだ。
「え、なんで？」
背中の筋肉の動きで、結局振り返られたことを知ったけど、顔は見られていないはず。
絶対真っ赤。
くっつきすぎだから、心臓の動きでバレているような予感がする。
ドラマや漫画のなかで何気なく見てきたふたり乗りが、まさかこんなに恥ずかしい行為だったなんて。
近づきすぎて、むしろ見えない縦じま模様のユニフォームは、グラウンドの匂い。
砂と、そして、……お日さまの匂いがする。
「んん？　ま、いっか。行きますよー」
「っ……！」
ぐんっと、体が後ろに引っ張られる感覚。
加速するスピードに、風で服がなびく。
パタパタ肌に当たって、くすぐったい。
周りの景色が高速に過ぎていく。

96　ひみつごと。上

涼しくて、気持ちいい。
「真幸……くん」
周りの音が大きくて、声は届いていない様子。
「真幸くん……」
背中から回す腕の力を強める。
「服……、シワになったらごめんね……」
道路のでこぼこが、自転車を通じてダイレクトに体まで伝わる。たまに大きくへこみがあって、がたんっと音を立てて沈んで、少し怖い。
こんなの、知らなかったな。
彼に……、真幸くんに会わなかったら、知らなかった。
自転車で走り抜ける風が気持ちいいこととか、
「あれっ？　そういえば、先輩の家ってどこですか？」
……背中越しで聞く声に、安心できることとか。
「えっと……、そこ左……」
「なに？　聞こえない」
「あっ、通りすぎた！　……よ？」
「もー、先輩！」
笑い声と一緒に、たった今通ったばかりの道をUターンする大きな揺れ。
「ご、ごめ……」
「いいですよー。ちょっとだけ、先輩と一緒にいる時間増えたっていうか？」
「…………」
「って、つっこんでくれないと、恥ずかしいんだけど」
……無理。ビックリして、言葉につまってしまったから。
「わっ、坂だ。あっはは！」

「ひえっ!?　——！」
下り坂でテンションが上がったのか、笑う真幸くんに、あたしは感じたことのないスピードに怯えて思い切り抱きついてしまった。
「うわ、やわらかっ。超きもちい——痛い痛い！」
坂が終わってから、お腹をギューッとつねってやった。鍛えている体には余計な肉はついていないみたいで、つかめるところはほとんどなかったけど。
思ったこと、何でも口に出しすぎ。同時に、まな板胸とか言われなくて良かったと変な部分で安心した。
「……そんなにスピード出さなくていいよ」
「えー？　もう、背中だけやたら気持ちいいとか言いませんよ？　ちゃんとくっついてくださいよ」
冗談だとは分かっていても、逆にくっつきにくい。
なんてこと言うの。
「そんな心配……してない……」
「なんですかー？　聞こえない」
あたしはそれを聞こえないふりをして、目の前の背中にコツンと頭をぶつけた。
そんなんじゃ……なくて。スピード出ちゃったら、ふたりきりの時間がすぐ終わっちゃうと思って……。
だから、つまり、それは——。
「なんで……家、こんなに近いんだろう……」
こんなこと、初めて思った。
この声も彼には聞こえなかったようで、返事はなかった。

想いも虚しく、もう家に。

「ありがと……、送ってくれて」
荷台から下りて、ジャージを手に取る。
「洗って、明日返すね」
「いいですよ、そんなの。元から汚いんだし」
「ううん、洗わせて」
おしりで踏んだし。シワだらけにしたと思うし。
「うーん……、むしろ、そんなのに座らせてごめんなさい？　みたいな」
腕のなかのジャージも、同じ匂い。お日さまの……、真幸くんの匂い。
「明日からは、ジャージよりもマシなやつ考えときますよ」
「……明日？」
「はい。じゃ、また明日ー！」
真幸くんは大きく手を振り、また自転車に乗って道を戻っていった。
……明日？　から……も？

まだ座った感覚が残っている。立っているのに、ふわふわ不思議な感じ。
「ただいま……」
「緋芽⁉」
家のなかに入ると、お母さんがバタバタ走ってきた。
「ちょっと、大丈夫だったの？　電話くれたら、迎えに行ったのに」
「ううん、大丈夫。あの……後輩が送ってくれて……」
恥ずかしさから、相手が男子だということは言わなかった。
あたしの腕のなかのジャージを、お母さんが見つける。

「ジャージ？　持ってったっけ？」
「あたしのじゃなくて、……えーと……、あ、洗って？」
お母さんの胸にジャージを押し当て、早歩きで２階への階段へ急ぐ。
「あれ？　おっきい……、久我……真幸？」
胸のところの、刺しゅうで書かれた名前を読み上げたのが聞こえたところで、部屋のドアを閉めた。
お母さん、絶対ニヤニヤしてると思う。

はぁー、と大きく息を吐き、落ち着かない胸の音を静めようと、胸に手を当てた。
なんだろう、これ。
なんか……、なんか苦しい。
具合が悪いせいじゃない。だって、いつもはこんなにむず痒い気持ちにならないから。
原因、知ってる。
「真幸……くん」
名前を呼ぶだけで、ほら。
……もう苦しい。
「真幸くん……」
また明日も会いたい。
本当は、今すぐ会いたい。
もっと苦しくなってみたい。

あたし……、彼のことを好きになっても、いいのかな。

先輩とふたりきり

「おはようございます」
もう日課。登校してすぐに保健室。
先生はいないから、勝手に入って窓を開ける。
いつもなら真幸くんたち1年生だけで遊ぶことが多いのに、今日は人数が多いように見える。
同じクラスの男子の姿も。
昨日初めて話したばかりの綿貫くんもいる。
「！」
と、思っていたら、目が合ったような気がして逸らした。
気を取り直して、もう一度グラウンドへ。
今日は……ドッジボール？
朝から元気……。
見るところによると、どうやら2年生チームと1年生チームに分かれてやっているよう。
今日は……あたしに気付かないかな。
「ここにいる……よ？」
ひとりごとのつもりで言ったら、タイミングよく真幸くんが手を振った。
「あ！」
嬉しさを感じる前に、その腕にボールが当てられて、外野に退

101

場。
……あたしのせい?
声が届かない代わりに、顔の前で手を合わせて申し訳なさを伝える。
真幸くんは、まだ笑顔で手を振ってくれた。
怒ってないみたいで安心。
それとは別の視線を感じて、なんとなく目を向けてみると、綿貫くん。
真幸くんにボールを当てたのは、彼らしい。
なんで? なんか……、睨まれている。
昨日初めて話しただけで思った。
……苦手……かもしれない。
ドッジボールが終わってから、真幸くんが窓まで来てくれたから、昨日のジャージを返した。
名残惜しかったのは、ここだけの話。

「最近さぁ、朝から保健室行ってるよね?」
チャイムが鳴る前に教室に入り、バッグの中から物を出していると、あやめが前の席に座った。
「放課後とかも。どうかした?」
不思議に思って聞いているというよりは、心配をしてくれているみたい。
土日の前も、続けて休んでしまったこともあるし。
「体、大変?」
「ううん、違うよ。大丈夫。ちょっと……グラウンド見てるだけなの」
「は? グラウンドって?」

「保健室の窓から、ちょうどグラウンドが見えるのね。だから
……」
お目当ての後輩がいるからです。とは、なんとも気恥ずかしくて言いにくい。
チャイムが鳴って、教室の外にいたクラスメイトが次々と戻ってきた。
先ほど、グラウンドで見たばかりの男子も。3人。
仲間内で話していただけのはずなのに、ひとりだけ離脱してこちらに歩いてくる。綿貫くん。
自分の席に行くための通り道にしたのかと思ったら、
「ヒメ」
「……え？」
あたしが座っている席の横でピタッと止まった。
「え？ ……あたし？」
他に"ヒメ"なんて名前の子はいないし、あだ名が"姫"だし。
っていうか、ここで止まっているし。こっち見てるし。
あたしに話し掛けたらしい。なぜか。
滅多にない出来事に、あやめも目をパチパチさせている。
「え、あの……、何か用……でしょうか」
同級生相手に、なんで敬語。あたし。
だって、さっき保健室にいるときに睨まれたし。……多分。
昨日少し話し掛けてきたときには明るい雰囲気だったのに、今は無表情だし。正直、……怖い。
「あのさ」
「は、はい？」
ますます睨まれた気がする。
ビクついて返事をすると、

「綿貫、あんた顔怖い」
あやめが、呆れ気味に指摘をした。
「元からだよ」
いや、昨日は、もっとやわらかかったような気がするんですが。
綿貫くんは気を取り直し、またあたしを見た。
「ヒメ、何で昨日保健室いたわけ？」
それに口を挟んだのは、あたしよりも先にあやめ。
「昨日日曜だよ？　間違って学校来ちゃった？」
「そこまで頭悪くないよ……」
あやめは冗談じゃなく本気でこういうことを言う。
あやめはあたしを無視して綿貫くんに、
「ってか、あんたこそ、何でそんなの知ってんの」
「昨日、うちの学校で練習試合で、深沢先生とヒメが差し入れ持ってきたから。悪いか」
「はー？　悪いとか言ってないしー。練習試合とか知らないもーん！　言ってよ！」
「何でそんなん、お前にわざわざ言うんだよ」
ハッと鼻で笑うように、綿貫くんが嘲笑した。
ふたり、……仲悪い？
「緋芽、もしかして野球部の試合見に来たの？」
「シカトか、コラ」
あやめは、今度は綿貫くんを無視。
ざっくりしてて、うらやましいくらい。
「う……、えっと、あの、なんていうか……」
あやめひとりだけならいいけど、綿貫くんがいたら言いづらくて仕方ない。
出来れば、どこか行ってくれないかな。と思ってチラッと見る

104　ひみつごと。上

と……、
「…………」
凝視してる。めちゃめちゃ見られてる。
無言のそれ、怖い怖い怖いってば。
授業をよく欠席するくせに、日曜に学校来れるくらいなら、普段も根性見せろよ。……とか、顔に書いてある気がする。
これが、あたしの被害妄想で終わりますように。
そこでチャイムが鳴って、
「あっ、鳴った。先生来たよ」
即座に、待ち構えていたように先生が教室に入ってきたから、話題は強制終了になった。
助かった……。
ふたりは、納得していないようだったけど。
あやめにだけは、後で話しておこう。
それにしても……、綿貫くんってあんな感じの人だったのかな？
たまに教室で見るときは、とても明るい雰囲気で、割かしいつも笑顔……だったような気がするのに。
女子に対してどうだったのかは分からないけど、あやめと話しているときの態度から察するに、……女子には優しくない？
どっちにしろ、私が彼を苦手なことに変わりはないかも……。

「緋芽ー、ちょっ、どこ行くの？」
この日も最後まで授業を受けることが出来て、放課後。
また保健室に向かおうとするあたしに、あやめが問い掛けた。
……結局、何も話せていない。
「あの……ちょっと……、ちょっとそこまで！」

「は？　意味分かんな……、緋芽⁉」
しまった。早歩きで逃げてしまった。
何かを察してか、あやめは追い掛けてこなかった。

「失礼します！」
「あら、中倉さん、いらっしゃい。……どうしたの？」
保健室の扉をピシャッ！と音を立てて閉める。
したのは、短距離の早歩きだけなのに、息切れ。
「大丈夫？　はい、ゆっくり呼吸してね」
深沢先生が背中をゆっくりさすってくれた。
「せんせ……ありがと……」
「走ったの？　ダメよ、落ち着かないと。ね」
「はい……」
先生の息遣いに合わせて、深呼吸。
大分整った頃に、
「せーんぱいっ。どしたんですかー？」
いつも聞いてる距離感。
窓を見ると、窓枠に腕をもたれてこちらを覗く姿。
縦じま模様のユニフォーム。
「久我く……」
じゃ、なくて、
「真幸くん」
あれ、なんかドキドキする……みたい？
顔を見ただけなのに。
「熱あるんですか？　俺もさすってあげましょーか？」
若干、無邪気に見えない……無邪気な笑顔。
なんか企んでそう。

106　ひみつごと。上

「それは……いい」
「えー、背中だけじゃなく、色んなとこ触ってあげるのに」
「し、しなくていい！」
……笑顔の裏は、これか。
「久我くーん？　いい加減にしないと、出入り禁止にしちゃうわよ」
先生が腰に手を当てて、半笑いで真幸くんを睨んだ。
「ひっでー！　なら、先生がいない時に言います」
やっぱり彼には真意が伝わらない。
それか、わざと。
「本当に出入り禁止にするわよ」
「うっわ！　痛い痛い痛いって！　マジで！」
先生が、真幸くんを挟んだまま窓を閉めようとする。
本気で焦って抵抗しているところを見ると、あながち冗談から生まれた行動でもないみたい。
あたしは、どうしたらいいのか分からなくてただ様子を眺めた。
「だーって、触ってないと手が寂しいもーん」
「もーん」て。
触ってないと手が寂しいとか。本当に、こういう人なんだな……。
唇をとがらせて抗議する姿を見て、思う。
「俺、先輩以外は触んないって約束したから、先輩が傍にいないと超辛ぃー」
「えっ……」
びっくりして、肩が小さく跳ねる。
確かに、そんなことを……、言ってたような、言ってなかったような。

「誰にでもするでしょ？」って聞いたら、「じゃあこれからは先輩だけ」とか……。あれ、本気だったの？
「なにそれ、すごいわね」
先生が、口に右手を当てて唾を呑んだ。
……今、何を想像したのか、詳しく。
「も……、変なこと言うの……、や……」
かーっと熱くなって、最後まで言えなかった。
先生は後頭部を搔いて、
「あらー？　トイレ行きたくなった。先生は、5分くらいトイレにこもります」
「えっ、えっ」
前にも、同じようなこと聞きましたけど！
先生は足早に出ていってしまった。
「トイレ5分だって。ウケるー」
何がツボにハマったのか、真幸くんは爆笑。
涙が出るほど笑っている。
ひとしきり笑い終わった後に、
「やった。先輩とふたりきり」
パタパタと手招きをして、あたしを呼んだ。
呼ばれるまま、素直に近寄る。
窓枠に手を乗せる。
ここは、やっぱりジリジリと熱い。
スッと手が伸びてきて、
「触っていいですよね？」
頰まで残り1センチのところで、寸止め。
「えっと……、……だめ」
改めて聞かれると、「いい」とか言えない。

いつも、確認するような人じゃないくせに。
「お断りです」
「……はい？」
あたしは、一体何を断られたのだろうか。しかも、真顔で。
「触るのを断られたのを、断ります」
「……え？　……え？」
ややこしい言い回しを頭で整理している隙に、手を取られた。
熱くて、少し汗ばんでいる。
てっきり、頬を包まれるものだと思っていたから、控えめに添える程度のぬくもりに、拍子抜けする。
「昨日は、先輩から抱きついてくれたのになー」
「そんっ……！」
間違ってないけど、言葉が足りない。ちゃんと「自転車の後ろで」って付けてよ。
先生がいなくて、良かったかも……。
手のひらが大きくて、指が長くて、手入れはしていなさそうなのに表面がピカピカな爪。
せっかく綺麗なのに、皮膚と爪の間に土が挟まっている。
柔らかくない、……男の人の、手。
「先輩、……俺のこと、怖い？」
「！」
核心をつかれた気がして、目を見開く。
「なんか、震えてます」
無邪気に見えて、……どことなくよそよそしい笑顔。
「それは……」
「久我！　久我ー！」
「やばっ！　じゃ、先輩また後で」

「あっ！」
グラウンドの部員から呼ばれ、あたしの言葉を全て聞かず、駆け出していった。

「違う……、あたし……」
男の人だって意識したら、胸が苦しくなって……。
自分とは違う存在だと、改めて肌で感じて、それで……。
震えてしまったのは、ドキドキしたせい。
ちゃんと、伝えなくちゃ。
さっき先生がしてくれたように、深呼吸をする。
そして、また窓から外を見てみると、全員揃った野球部員。
その中から、視線を感じた。
真幸くんでも、明日奈さんでもなく、……綿貫くん。
教室でのものと同じ。
また……睨まれている……みたい。
あたし、何かしたっけ？
昨日、声をかけられて素っ気ない態度をとってしまったけど。
……それ？
だって……"姫"とか呼ぶから。
そんなことを考えている内に、もう視線は感じなくなったけど。
良かった。あの人、なんか……怖いから。
ホッとして、いつものように真幸くんを目で追う。
白球がバットに当たって、軽快で気持ちいい音が次々と鳴り響く。
「また後で」って言ってたな……。
いつもなら、暗くなる前にひとりで帰るけど……。
最後まで見ていたとしたら、昨日みたいに送ってくれるのかな。

……後ろに乗っても、いいのかな……。

珍しく扉がコンコンと２回ノックされて、
「終わった？」
そーっと覗きながら開けたのは、深沢先生。
５分以上は経っている。
「何も始まってませんよ」
何だと思ったんだろう。
先生がそういう気を使うのって、どうかと思う。
先生はクスクス笑い、
「まぁ、冗談だけどね。どう？　久我くんは」
何通りにも想像を広げられる曖昧な質問をしてきた。
「うえっ!?　う……、あの……、真幸くんは、たまに強引……」
「え？　あー、ああ！　あははっ！」
自分で質問をしたくせに、大笑い。
何事かと思ったら、
「いや、練習頑張ってる？って意味で」
「あ！」
意味を履き違えていた。
「いっ、今のなし！　先生、今のなしー！」
まだ笑いが止まらない先生の前で、両手をブンブン振る。
恥ずかしい！
何の報告をしてるの、あたしは！
「だ、大丈夫……、先生なにも聞いてないから、……ふふっ」
……大人は嘘つきだ。
「そういえば、呼び方変わったのね？」

「呼び？　かた？」
「"真幸くん"って」
「…………はい」
これは、ちょっと指摘されるかもと思っていた。
先生は、「うんうん」とうなずいて、自分の席に着いて、冊子を取り出してめくりだした。
仕事の邪魔はしないように、またおとなしく窓枠に腕を預ける。
野球って楽しいのかな。
部活って楽しいのかな。
毎日運動するのって、どんな気分なんだろう。
したことないから、分からない。
さっきだって、早歩きくらいで息切れだったし。
真幸くんは、楽しそうに体を動かしている。
いつも楽しいばかりじゃないみたいなのに、辛そうにしている時もあるのに、それでも毎日同じことを繰り返しているのは、好きだから？
「すごいなぁ……」
ボソッと呟いた声に、
「んー？」
先生が返事をした。
「あっ、や……、ひとりごと……」
危ない。
無意識にひとりごととか……。
いつか、とんでもないことを口走ってしまいそう。
野球……かぁ。もちろん、好きじゃなきゃこんなに毎日続かないよね。
好き……なんだろうな。

「あたしと……どっちが好きだろ……」
「えー？　何か言った？」
「！　なにも！」
また！
真幸くんがいなくて、本っ当によかった。
先生に内容が伝わっていないことは分かっているけど、あたしはついに頭を抱えた。
バカじゃないの⁉　付き合ってもいないのに！
どっちって、そんなの聞くまでもなく野球に決まってるじゃない！
あたしは、好きだなんて言われたことすらないのに。
なに、うぬぼれてるの。
ああ、でも……。それなら、あたしたちって"何"だろう？
――『ずいぶん大事に想ってるじゃない？』
――『別に……』
寝たふりをして聞いた、会話。
あの時は、特別思わなかったけど。
頭を左右に振る。
こんなこと、思い出したところでどうなるっていうの。
ピーッと、ホイッスルが鳴る音。
あ、5分の休憩時間だ。
3年生から順番に、明日奈さんがコップにお茶を注いでいる。
色から判断すると、麦茶かウーロン茶。
いつもなら、この水分補給のあとに、真幸くんがここに……
「……は？」
額にいくつもの汗を浮かべ、近づいてくる縦じま模様。
不機嫌そうな表情。

真幸くんは、まだ水道の蛇口に。
ここに来るのは、綿貫くん。
なんで？　何の用があって？
って、保健室に来る理由なんて、ひとつしかない。
……ケガ？　してたかな？
つくづく、あたしって真幸くんしか見ていないんだと実感する。
というか、外から直接保健室には入れない。
校舎の中を通らないと、手当てしてもらえないと思うのだけど。
近づく距離に、窓枠から手を離す。
なんか、やっぱり……綿貫くんは苦手。
あたしが見ていた窓の前で、彼は立ち止まった。
「ヒメ」
あたし!?　なんで！
しかも、またその呼び方。
……返事、したくない。嫌いな呼ばれ方を、自分で認めてしまう気がするから。
「あらあら？　久我くんかと思ったら。どうかしたのかな？」
来たのが真幸くんなら放っておいたのだろうけど、予想外の人物だったから先生もあたしの隣に来た。
よかった。これで、あたしはここから離れて……
「いや、こいつに用があって」
と、思ったのに、指を差された。
しかも、「こいつ」とか。
友達でもないのに。それどころか、知り合い未満くらいの関係なのに。
「また練習見てんだ？」
「また……？」

あ、返事しちゃった。
まって……、ああ、昨日の練習試合のこと。
「楽しいか？」
「は……い」
どうしよう、なにこの空気。
「どこが？」
「どこがって……」
真幸くんが楽しんでる姿を見るのが。
……言えないから！
何を話そうにも、まず睨(にら)むのをやめてほしい。
「えっと、あの……、楽しそうでいいなぁとか……、お、思いまして……」
弱い。弱いよ、あたし。相手は、同い年だってば。
綿貫くん、その大きな体で睨んでくるから怖い。真幸くんよりも大きいし、他に一番身近な男子って内山くんだし、なおさら。
真幸くんがここに来てくれたら、きっと空気が変わるのに。
今日、来ないの？　そう思って、正面にいる綿貫くんから目線をずらすと、見えた。
どうやら、先輩のキャッチボールの相手をしているらしい。
それ、部活中にもやるじゃない。休憩時間には、休もうよ……。
あの笑顔が、遠い……。
そんなことをしている間にも、綿貫くんはあたしを見て……もとい、睨んでいて、
「なぁ」
「えっ」
声も低い。真幸くんより。
目付きも鋭い。……真幸くんより。

115

なんか、あたしずっと比べてる。
失礼なことなんだろうな。
声に出さなくて良かった。
「誰か見てんのかよ」
「えっ!?　あ、あの……、誰も……」
5分、長い。
あたし、嫌われてる？　もしかして。
何とも思っていない人にでも、嫌われるのはやだなぁ……。
先生は、また机で冊子をめくっているし。
誰か……。
と、思っていると、
「せーんせーっ。今日のおやつは何ですかー？」
高めの男子の声と、扉が開く音。
「内山くん……」
第三者の登場に、あからさまにホッとしてしまった。
「こら、タダ菓子を食べにこないの」
先生がやんわりと注意をする。
「こないだの生マシュマロだっけ？　あれ、おいしかった！ねー、緋芽ちゃんも一緒に……、あれ？」
内山くんが、あたしとその向こう側にいる綿貫くんを見付け、
「あれー、たーちゃん何してんのー？」
……たーちゃん。
それは、まさか……
「颯太！　お前、その呼び方やめれ！」
叫ぶのは、すぐそこにいる真っ赤な顔の野球部員。
たーちゃん。似合わない。
綿貫……た……、あ、思い出した。武だ。

ジャイアンと同じ名前か……。さすが。変な納得をしてしまう。
「たーちゃんダメなの？　だって、こないだたっちゃんって呼んだら怒ったからさー。変えてみたのに。"野球部のたっちゃん"なんて出来すぎてて、いいあだ名なのにー」
内山くんが、のんびり語る。
"たっちゃん"から"たーちゃん"て、変わってないよ、それ。
「ちゃん付けをやめろっつーの」
綿貫くんは内山くんに言った後、あたしを見て、眼光を鋭くさせた。
「……何笑ってんだよ」
「わっ、笑ってません……！」
というか、笑えません！　色んな意味で！
さっきから、頬の筋肉が凍り付いてるっていうのに、どうやったら笑ったように見えたのか。
「あー、ダメダメー。今日のたけポン顔怖いよー。こっから見たら、完全にいじめっ子だよ」
……たけポン。
内山くんも、ある意味いじめっ子だと思う。
「うるせーな、コンタクト忘れたから見えねぇんだよ！　なんだ、たけポンって！」
「わがままー。もうあだ名考え付かないよ」
「普通に呼べ、普通に！」
コンタクト？　目、悪いの？
だから目を細めて見ようとしたから、睨むように見えた……とか？
そっか。本当は怖い人じゃないのかもしれない……。
「じゃあさー、緋芽ちゃんはどんなのがいいと思う？　呼び

方」
「あたし？」
名前で呼べばいいのに。
内山くんにとっては、あだ名で呼ぶことが正解なのかな。
恐る恐る綿貫くんを見る。
仁王立ち。腕組み。にこりとも笑わない顔。
「なんだよ」
無理。怖い。
「言ってみろよ、時間ねぇんだから」
コンタクト忘れたとか、絶対関係ない。
逃げたいけど、ずっと見られてる。何かを言うまで、多分このまま。
「ジャ……」
「ジャ？」
「！」
慌てて口を閉じる。
ジャイアンって言うところだった！　危ない。
ジャイアンじゃなくて、本名が武なんだから、
「た……、たーちゃんでいいと思う……」
……間違った。
「はぁ⁉」
案の定な反応。
「だよねー？　たーちゃん可愛いよねー？」
内山くんは、いつの間にかお菓子の袋を開けてご満悦。
先生も一緒になって食べている。
なんてマイペースな人たち。
「ちっ」

舌打ちされた！
怒られる。そう思って身を縮めていると、
「分かった、じゃあそれでいいよ」
予想外の言葉を吐いて、また練習に戻っていった。
…………は？
「結局たーちゃんでいいんだねー」
「あんなごっつい子に、たーちゃんとか、内山くんは強者ね」
ポリポリとポッキーの乾いた音を出しながら、ふたりが話す。
「ごっついかな？　じゃあ、俺は？」
「全然。さっきのたーちゃんが岩だとすると、内山くんはこんにゃく」
先生の比喩は、ひどい。
岩……、石の化け物を想像して、ますます怖くなった。
「何で俺は食べ物ー？」
気になるのは、そこだけなのだろうか。
「ねー、緋芽ちゃんって、たーちゃんと仲良いの？」
内山くんは、あたしにポッキーを差し出しながら、無垢な瞳で問い掛けた。
「ぜ、全然！　ない！」
ポッキーを受け取る。
「話したの……、昨日が初めてだし……」
「そうなんだ？　ふーん……」
内山くんは、先生と顔を見合わせた。
ふたりの表情が、どういう意図があってのものかは、読み取れなかった。

しばらく３人で保健室でゆったりして、暗くなる前に内山くん

は出ていった。
あたしも、いつもならこのくらいで帰るのだけど、
「中倉さん、そろそろ薄暗くなってくるけど、大丈夫？」
いつまでも窓から離れないあたしに、先生が心配そうに言う。
「あ、ごめんなさい。邪魔？」
「え？　あはは、違う違う。暗くなってからひとりで帰るの怖いでしょ？」
「えーと……、はい」
窓の近くに設置した椅子から立ち上がって、少し考えてまた座り直した。
「……また後で、って言ったから」
「ん？」
「真幸くんが、また後でって言ってくれたから、……終わるまで待とうと思って」
その間、あたしはずっと外を見ていたけど、先生の表情は分かった。
「そっか」
「……はい」
ボールが当たる音が聞こえる。砂を蹴って走る音が聞こえる。
いつも一番大きく聞こえる真幸くんの声に混じって、今日はもうひとりの声がどうしても耳に障った。
綿貫くん。
朝と、さっきの意味不明な行動が変に気になって、彼の声には耳を塞ぎたくなった。
真幸くんは、たまに目が合うと笑って小さく手を振ってくれた。
嬉しくなって、あたしも振り返す。
そして、真幸くんを見ていて、気付いたことがある。

綿貫くんとも目が合うことに。
その時は、いつも不機嫌顔で睨まれる。
あたしは、そのたびに目を伏せた。
なんでそんなに目の敵(かたき)にされるんだろう。あの人、絶対あたしのこと嫌いだよ。やだな……。

薄暗くなりはじめて、練習が終わった。
「中倉さん、窓閉めてもらっていいかな？　暗くなると、虫入ってきちゃうのよ」
「はい」
先生に言われ、窓を閉めて鍵をかけた。
来て……くれるかな。会いに。
最後まであたしが残っていたことは、見ていたから知っているはずだけど。
でも、来なかったら速(すみ)やかに帰ろう……。真っ暗になってから帰るのは怖いし。

５分ほど先生と雑談していると、バタバタ走る靴音が近づいてきた。
本当に来てくれた。
廊下にいる人物を予想して、扉を見ていたら、
「！」
思い切り開いた扉のその向こうにいたのは……
「おやぁ？」
先生も、変な声を出して目を丸くした。
そこにいたのは、綿貫くんだったから。
「ありゃー、びっくり。たーちゃんじゃないの」

「先生までその呼び方すんの、やめてもらっていいすか」
「だって、君の名前、知らないもの。たーちゃんって呼んでいいって言わなかった？」
「それは先生に言ったんじゃ……」
そして、あたしをチラッと見て、
「ちっ」
また舌打ち！　なんでよ!?
「綿貫っすよ」
「はいはい、綿貫たーちゃんね」
「違うって！」
ふたりの会話を聞きながら、自分でも分かるほどに顔が青ざめるのを感じる。
怒鳴り声、大きくて、すごみがあって、怖い。
先生、よく平気で……。
嫌われていると思ったら、傍にいるだけで緊張する。
「で？　どうしたの？」
「いや、絆創膏もらいたくて」
「怪我したの？　ちゃんと患部は洗った？　はい、どうぞ」
先生が、救急箱から絆創膏を１枚取り出して、渡した。
「どうも」
言いながら、今度はあたしに視線を。
「お前、まだ帰んねーの」
「は、はい……」
"お前"って、呼ばないでほしい。……言えないけど。
「誰か待ってんのかよ」
「えっと……あの、それは」
待ってるといっても、約束をしていたわけじゃなくて。

あたしが勝手にここにいるだけなわけで。
だから、名前を出していいものか……。
「あ？　どっちだよ」
怖い！　ちょっと見ただけなのに！
そんな言い方しなくても……。
……真幸くんに会いたい。顔が見たい。
自分でも、どんな気持ちになっているのか分からないけど、なぜか涙が出そうになった。
すると、本日２回目。バタバタ走る靴音が、ここに。
「先輩！　先輩、せんぱーい！　もしかして、いる⁉　緋芽先輩……！」
賑やかな叫び声と、ぶつかりそうな勢いで真幸くんが飛び込んできた。
「ま、真幸くん……」
来てくれた……。
「いた……、先輩」
顔を見たとたん、本格的に泣いてしまいそうになって、思わず彼の元へ駆け寄った。
「真幸くん」
「わっ？　どしたんですか、珍しい」
あたしの肩を支える手の熱さに安心する。この、太陽のにおいがするユニフォームも……。
「ん？」
……ユニフォーム？
帰るときは、制服に着替えるんじゃ……？
「ごめんなさい！」
突然、顔の前でパンッ！と両手が合わさって、面食らう。

123

「俺、まだしなきゃいけないことあるの忘れてて、まだ帰れそうにないからって、言いに来た！です！」
「あ、だからまだその格好で……？」
「ごめんなさい、暗くなる前に帰ってください……、って、もう遅いかも……？」
綿貫くんは普通に制服に着替えているところを見ると、多分１年生だけなのかも。
「久我、それって、今日新しく入った道具のか？」
「おわっ!?　武さん!?」
あたしが視界を塞いでいたせいか、話し掛けられて真幸くんはやっと綿貫くんの存在に気付いた。
「そうなんすよー。１年、残れって言われてたのすっかり忘れてて」
そして、またあたしに、手を合わせた。
「今だとまだ暗くないから、先輩、今のうちに帰ってください」
「え、あたし終わるの待ってても……」
言い途中で、今度は深沢先生が申し訳なさそうに口を挟んだ。
「中倉さん、ごめん、先生これから用があってね？　保健室しめなきゃいけないのよ」
鍵がかけられた保健室にいるわけにもいかないし、部活の邪魔は出来ない。
「じゃあ教室に……」
「怖くない？　ひとりの教室って」
先生に言われ、納得する。
うん、怖い。とても。
やっと会えたのに、残念。

でも、そうも言ってられない。
先生は、多分もっと早く帰りたかったのに、あたしのために今まで居てくれたんじゃないかと思う。
これ以上の迷惑はかけたくないし。
「そっか。うん。分かった。あたしはひとりでも……」
ひとりで帰るつもりで、通学バッグを手に取ると、
「俺が送ってってやろうか」
耳を疑った。だって、それを言ったのは、ジャイアンと同じ名前を持つ人物。
「お前の歩く速度だと、家に着く頃には真っ暗だろ」
「そ、そこまで……」
そこまで遅くない、とは、言いがたい。なぜなら、あたしだから。
「でも……、武さん」
真幸くんが、珍しく戸惑う表情を見せる。
「なに？　お前ら付き合ってんの？」
心臓が、思い切り飛び跳ねる。だけど、
「いや……、付き合ってはないっすけど……」
真幸くんの否定する言葉に、熱が冷めた。
確かに、付き合ってはいない。
だって、お互い「好き」だなんて言い交わしたことがないから。
"当たり前"を、言われただけ。今だって、あたしが勝手に待っていただけ。
「ふーん……」
綿貫くんは、まだ何かを続けたげに真幸くんに言った。
「ヒメ、お前、家どこ」
「え……、西町……」

「方向同じだな。行くぞ」
「えっ、あの……」
「早く来い」
「えっ、あ、の……」
送るのは決定らしい。
考える暇もなく急かすから、言われるままについていく。
「せっ、先輩！」
保健室を出るところで後ろから手をつかまれ、振り向く。
振り返ると、怒ったふうでもないし、情けないようでもないし、何とも複雑な表情を作った真幸くんがいた。
「あの、今度からは、遅くなりそうな時はちゃんと言います……から」
「う、うん……」
「……気を付けて」
と、言われても、握られた手が強くて、このままだと帰れない。
帰れないままで……いいのに。
「おい」
綿貫くんの声で、パッと手が離された。

ひとりで暗い教室にいるのと、苦手な綿貫くんと一緒に帰ること、どっちの方が怖くないかなんて考えはじめた時には、時すでに遅し。上履きを履きかえた頃だった。
なんで送っていくなんて言い出したんだろう。嫌われてると……思うんだけど。これ自体、嫌がらせとか……？
と、いうか。
「…………」
「…………」

126　ひみつごと。上

……沈黙。
徒歩で沈黙、気まずい。
真幸くんと一緒に帰ったときは、すごく早く家に着いてしまったのに。自転車だったっていうのもあるだろうけど。
靴が地面を蹴る音が、ふたり分。それのみ。
しかも、あたしは歩くのが遅いから、家に着くまで時間がかかる……──。
ハッとして、真横を見上げる。
「なに」
「い、いえ……」
じろっと睨まれ、目を落とした。
見えるのは、ふたりの足。
……同じ歩幅。こんなに身長も脚の長さも違うのに、そんなのありえない。
あたしに合わせてくれている……？
「…………」
「…………」
沈黙、再び。
歩く速度は、揃って同じ。
わざと少し遅く歩いてみる。
綿貫くんが先を行ったけど、すぐにまた隣同士。
間違いない。……合わせてくれている。
嫌いじゃないの？
どうしよう。……何？
「なぁ」
「う……、え!?」
「お前、付き合ってんの？　久我と」

「…………」
さっき、真幸くんに聞いたばかりのくせに。
あたしが念を押さないといけないの?
やっぱり、優しくない。意地悪だ。
「そんなの……、また聞きたいの?」
「は? なに」
プルプル震えながら小声で言ったから、届かなかった様子。
「何がそんなに気になるの?」
「なにって?」
「あたしの何をそんなに気にしてるの?」
「は!? 気になんかしてねえよ! 勘違いすんな!」
綿貫くんが、あたしを見て怒鳴った。
……あれ?
大きな声、怖い。顔も怖い。
でも、
「…………」
「…………」
きっと見間違い。
叫んだ顔が、真っ赤だったなんて。

それから特に会話もなく、家の前。
たまに横顔を見ると、
「なに見てんだよ」
と鋭い目付きで睨まれたから、自ら話しかけようとも思わなかった。
微妙に優しいのかとも思ったのは、きっと思い違い……っぽい。
「あの……ありがとうございました……」

お礼を言ったら、
「…………」
無視。
一瞬目を合わせたけど、すぐにその場を離れて行ってしまった。
ため息をひとつ。
すると、綿貫くんのポケットから、絆創膏がひらりと舞い落ちた。先ほど、深沢先生から受け取ったもの。
「あっ、バンソコ落ちて……」
「あ？　あー……、いらね」
「だって……」
じゃあ、なんで貰いに来たの。
そもそも、なんですぐ貼らないの。
ていうか……、一体どこを怪我したの？
「お前にやる」
……保健室に来た理由は、なに？

「うううう……ーん？」
「緋芽、うっさい」
翌日。登校中、隣を歩くあやめに簡潔に注意を受けた。
「あ、ごめん」
「なんか悩みごとー？　知恵熱出す前に、解決したほうがいいよ」
ずいぶん簡単に言ってくださる。
……綿貫くんがなにを考えているのか分からない。
嫌いな素振りを見せたくせに、ちょっと優しくなったりとか。
あたしに話しかけたことなんてなかったのに、今になってどう

して？
まさか、あたしのことを好……。
首を横に振る。
ないないないないない。
もう綿貫くんのこと、考えたくない……。

学校に着き、ひとりで保健室に行こうとすると、
「保健室？　あたしも行く」
あやめが保健室に行きたがるなんて。
「具合悪いの？」
「まさかぁ。あんたじゃないんだから」
……ひどい。
「あたしもねー、グラウンド見てみよっかなーとかね」
「？　そう……」

ふたり並んで、窓に張り付く。
真幸くんは、今日もいる。石段に座って、明日奈さんもいるけど……。
ていうか、綿貫くん、今日もいるし。
真幸くんがこちらに気付いて、まだ友達と遊んでいる途中なのに、抜け出して走ってきてくれた。
隣のあやめにぺこっと軽く頭を下げ、
「先輩っ！　昨日！　大丈夫でした？」
少し焦った様子で、確認をしてきた。
「うん、大丈夫。ありがとう」
大丈夫……、に、しとこう。始終怖がってたとか、そういうのは関係ないもんね。

「今日も待っててくれますか？　くれますよね？　今日は何もないから！」
これは……、お誘い？
嬉しくなって、顔の筋肉がふにゃふにゃ。
「武さんが「飴あげる」って言っても、ついてっちゃダメですよ？」
真幸くんはあやめを気にするように、あたしに耳打ちした。
こんなに至近距離での内緒話。一々体が反応してしまう。
と、いうか……誘拐犯扱い。そんなの言われたの、小学生以来。
綿貫くんに「飴あげる」なんて言われたら、むしろ怖くて、逆に逃げてしまうだろう。
「もー！　真幸！」
「あー、はいはい！」
明日奈さんに怒鳴られ、真幸くんは手を振って走り去っていった。
グラウンドに戻っていっちゃった……。
真幸くんだけ見たくても、嫌でも綿貫くんまで視界に入る。
昨日一緒に帰って、ますます苦手になった。
「緋芽のお目当てって、あれ？」
あやめが、真幸くんを指差す。
"あれ"扱いしたことは、まぁ置いておこう。
「彼氏？」
「えっ、違う！　……まだ」
あたしの反応に、あやめはニヤニヤと笑った。
「でも、好きでしょ？」
「う……、そんな……、分かんない……」
「嘘だぁ」

そう断言され、言葉につまる。
好きか嫌いかと言われたら、断然好きに決まっているけど、確かな名前にしようと思うと、言葉に出来なくなる。
「だって……、分かんない。こんなの、初めてで……」
自分の意志に関係なく、気持ちは加速するけれど。
「ふーん？」
あやめはため息をつき、グラウンドを眺めた。
「あんたって可愛いよね。いいな……」
「？」
ずっとグラウンドを見たままだから、あたしに言われているような気がしなかった。
「あ、じゃあさ、日曜に野球見に来たって、あれ？　野球部なの？」
また真幸くんを指差して"あれ"呼ばわり。
「久我くんだよ、久我真幸くん。うん……、見に行ってもいいって言ってくれたから」
「へー、真幸くんねー」
「あっ、あやめは……呼んじゃダメ……」
あやめが目をパチパチ瞬きさせて、あたしを見た。
とても恥ずかしくて図々しいことを言ったことに気付き、目をそらす。
「とか……、あたしが言うことでもないけど……ね？」
無理。撤回、無理。ひたすら恥ずかしいだけ。
あやめは、無言でぐりぐりとあたしの頭を撫で回した。
「てか、あれはもしかして１年？」
…………。もう、"あれ"でいいや。
「うん、そう」

「だよねぇ？　なんで綿貫たちは、朝から１年に混ざって遊んでるわけ？」
グラウンドにいるのは、１年生が多分４人。全員野球部。そこに、あたしのクラスメイトが、たったのふたり。
「……さぁ？」
昨日より前までは、１年生だけで遊んでいたけど。
「同じ野球部だから……とか？」
「ふーん……」
またふたりで外を眺める。
あたしは真幸くんを見ていられるから楽しいけど、あやめは見ていてつまんなくないのかな。
真幸くんを見ていて、たまに綿貫くんとも目が合って、少し居心地が悪かった。
「そっかぁ。１年生目的だったわけか」
「目的とか言わないで……」
間違ってはいないけど。
でもなんか嫌だ。なんていうか……、がっついてるみたい。
「そっか……、そうなんだ」
「あやめ？」
あやめがホッとしたように笑い、チャイムが鳴った。

教室に戻ってもまだ担任の先生は来ていなかったから、あたしの席であやめと談笑。
「ねー、いつの間に出会ってたわけ？　もー、そんなん早く言ってよねー？」
「ちょ、あや、あやめ……」
普段ゆるい素振りを見せていても、あやめも女の子。人並みに

コイバナとかしたがるらしい。
っていうか、完全に面白がってるよね？
「可愛いっていうか、イケメンだったし？　ズルいなー」
「うやっ!?」
ぐにーっと左頬をつねられ、変な声を上げてしまう。
その状態で上下に揺すられ、かなり痛い。
「いっ、いた……っ！　あ、あや……やっ」
「おー、肌すべすべー。やっぱ、よく寝る子は違うねぇ」
……他に言うことは？
離されても、まだジンジンする。
「いいなぁ、緋芽は……」
あやめがこんなことを言うなんて、やっぱり変。
もしかして、真幸くんのこと……？
「あ、あやめ！」
「ぬあっ？　なんじゃー？」
あやめの腕をガシッとつかむ。
周りに聞かれたくなくて、顔を寄せあって小声。
「す……好きになった……の？」
「誰を」
「……真幸くん」
あやめが口をぱかーっと開けて、その直後に、教室中に響き渡るほどの大きな声で笑った。
「ちょっ、も……、あやめ！」
「そ、それでよく「好きか分かんない」とか言える……、あははは！」
「しっ、しー！　しー！」
人差し指を唇に当てて、内緒を意味するポーズを作っても、あ

やめには効果無し。
「あやめー、バカ笑いしすぎ！　うるさいから！」
クラスの女子から、からかい混じりの苦情。
「あはっ、ごめんごめん。ぷぷっ」
ごめん感は感じられない。
諦めて、ひとまずため息。
「なに騒いでんだ、お前ら」
ふっと頭上が陰って、最近聞いたばかりの声に、体を強ばらせた。
「騒いでないしー。ねー？」
「う、うん……」
あやめの相づちにも、引きつった笑いしか返せない。
そっと見上げた先にいたのは、
「なんだよ」
「……いえ」
綿貫くん。
昨日といい、本当に何なの？　相変わらず顔怖いし。
「あの……」
「あ？」
……怖い！
ごくっと飲み込み、もう一度口を開く。
「あの……、今日もコンタクトしてない？」
「は？　してるし」
う、嘘つき！　目が悪いから、目付きも悪くなってるって昨日言ってたのに。コンタクトしてても、目付き悪いよ！
「へー、綿貫、コンタクトだったんだ？　これ何本？」
あやめが、綿貫くんの顔の前２センチほどの距離でピースを作

った。なんてチャレンジャー。
「２……、バカにしてんのか」
「あれ、見えてる？」
「コンタクトしてるっつったろ。つか、してなくても見えるっつーの！」
昨日のやり取りを見ても、ふたりは結構仲がいいみたい。
クラスメイトだし、保健室ばかりのあたしとは違って接点もあるだろうし、慣れてるんだろう。
あやめと話していた綿貫くんは、
「保健室じゃないんだな」
主語はないけど、きっとあたし宛て。
「はい、あの……、ごめんなさい」
「あ？　なにを謝ってんだよ」
怖いからです！
「あんたの顔、怖いからじゃん」
「お前に聞いてねーよ」
あやめが代弁してくれたけど、それに対してますます不機嫌顔。
「朝、見てただろ」
何をジロジロ見てんだよ。って、意味なのだろうか。
「見てたけど、えっと、違う人なので、ご安心を……」
自分でも、何を言ってるのやら。
「あははは！　殺し屋と標的みたい！」
あやめがまた大笑い。どこがそんなにツボったのか。
クラスメイトを殺し屋扱い。そして、標的って、あたしか。
「違う人？　……それ誰」
あやめが変なことを言うから、本当に殺し屋に見えてきた。
目がギラッと光った……――いやいや、気のせい。

怖がりすぎが見せた幻覚。
「わ……綿貫くんじゃない人……」
視線の先の相手を知られたくなくて言った言葉は、選択ミスだったらしい。
綿貫くんは、あたしの机にバンッ！と思い切り両手をついた。
さすがに、あやめもびっくりしている。
「…………」
「…………」
あやめと顔を見合わせて、お互い言葉にならないでいると、綿貫くんはフンッと鼻を鳴らして去っていった。
去りぎわに見た顔は、いつもと同じくらい怖かったけど、少しだけ苦しそうにも見えた。
「……緋芽、綿貫と何かあった？」
「何もない……」
本当。何もない……はず。だからこそ、困る。
何でこんなことになっているのか分からなくて、それで……やっぱり怖い。
この怖さは、前とはちょっと違うもの。その正体は分からないけど。
「あいつってさぁ……」
あやめがボソッと呟く。その横顔はらしくなくて、憂いを帯びたもので、
「いいや、なんでもない」
あたしの視線に気付いて、元通りのゆるい笑顔に戻った。

今日は、朝から調子がいい。……はずだったのに。
「中倉、保健室行きなさい」

2時間目の授業も終盤にさしかかった頃、教卓の前で先生が指摘してきた。
クラスの皆が一斉にこちらを見る。
　1時間目の途中で、何となく分かってはいた。……熱がある。ちゃんと最後まで授業に出たかったけど、人から見ても分かるほどに顔が赤くなっていたなんて。
「はい……」
席を立ち、扉へ向かう。
今日は、深沢先生は何も言わないで体温計を渡してくれるだろう。
早くよくならなきゃ……。
放課後、会いたいから。姿を見たいから。
「あまり無理しないで、辛いようなら帰りなさい」
扉を開けたとき、先生が苦笑して言った。
「はい……」
廊下に出て扉を閉めた瞬間、涙がこぼれた。

「深沢先生……、ベッドを……」
……いない。先生。
勝手に借りてもいいのかな。トイレに行っているだけなのかもだし。
いつも借りている、窓際のベッドに向かう。
グラウンドには、体育をしているクラスが。
ボーッとする意識が捕らえたのは、体育着のひとりの男子。真幸くんのクラスだったんだ……。
なんだ……、じゃあ無理しないで早く保健室に来ていれば良かった。……なんて。

誰も見ていないけど、力なく笑う。
窓が開いていないから、外の声はくぐもって聞こえる。
ベッドの上から手を伸ばしてみても、当然届かない。
先生がいれば、頼めたのに。
ベッドに入ったとたん体が重くて、授業を最後まで見ていたかったけど、まぶたが落ちてしまった。

保健室の扉が開く音で目を覚ました。
気持ち的には、5分くらいしか目を閉じていないはずなんだけど……今何時だろう？
カーテンに遮られて、時計が見えない。ケータイを見ればいいという発想は、なぜかこの時にはなかった。
多分先生が戻ってきたのだろうと思い、ベッドからおりてカーテンを開ける。
「先生、勝手にベッド借りて……、あれ？」
いたのは、先生ではなく、
「お、中倉。大丈夫？」
「篠田くん？」
クラスメイトの篠田くんだった。
いつも明るくて、クラスの中心みたいな男の子。すごく頭がいいみたいで、学年首席。2年生で、彼のことを知らない生徒はいないだろう。なのに、それを鼻にかける様子もなく、人当たりがいい。
今も、特に仲良くもないあたしに笑いかけてくれた。
彼は、確か綿貫くんとも仲が良かった気がする。
「なーなー、深沢先生っていねぇのかな？」
「あ……、あたしが来たときもいなくて。どうかしたの？」

「さっきの授業でさ、紙で指切ったんだよなー。ほら」
篠田くんの左手には、薬指に糸みたいに細い傷跡が。紙で切ったにしては、中々の傷深さ。
時計を確認する。そっか、授業終わってたんだ。チャイムの音にも気付かなかった。
今は、休み時間。
「バンソコの場所なら、知ってるよ」
「マジ？　１枚ほしい」
「消毒もする？」
「ははっ、重病っぽくていいなー、それ」
消毒だけで、重病……とか。面白い。
話したのはまだ２回目くらいだけど、篠田くんはいつもニコニコしていて話しやすい。あたしのことも、"姫"って呼ばない。綿貫くんの友達とは思えない……。
勝手に救急箱を拝借して、消毒液を取り出す。
バンソコ……は……。
あ。
ポケットに手を入れると、くしゃっと紙が歪む音が。昨日綿貫くんに貰ったのがあったんだった。これをあげよう。
篠田くんと向かい合って、コットンに消毒液を染み込ませる。
正面から見たのは初めて。なんか……、かっこいいなってしみじみ思う。うん。女子にも人気があるの、分かる。
だけど、真幸くんを手当てしたときみたいなドキドキはない。男子への免疫が少ないから、緊張はするけど……。
ピンセットでつまんだコットンを傷口に近付けようとしたら、また扉が開いて……
「お？　武じゃん」

「！」
正体を知って、床にボトッと落としてしまった。
「な……、何やってんだ、お前ら」
綿貫くんが、引きつった笑いを見せる。
笑えるんだ、この人。
引きつっているのは、あたしにとっては大した問題ではない。
「え、手当て。俺、重病なの。つか、お前が入ってくるから、消毒落としちゃったじゃんよ」
「なんでヒメにやらせてんだよ」
「先生いないから」
会話を聞きながら、あたしの手はぶるぶる震える。
真幸くんのときも震えたけど、あの時とは明らかに違うもの。
「お前こそ、どした」
「…………っ」
あたしも聞きたい質問に、綿貫くんは声をつまらせ、
「貸せ。俺がやってやる」
「あっ……！」
はぐらかし、あたしからピンセットを奪った。
「うえー、男の手当てかよ」
とか言いながらも、篠田くんは怪我した指を素直に綿貫くんに差し出す。
「うるせ。お前、彼女いんだろーが」
「いるいる。可愛いの、ひとり」
「黙れ、リア充が」
「妬むなって」
うわ……。会話の内容とか、消毒液をつけすぎてびしょびしょになってしまっている篠田くんの指とか、そんなことよりも…

…。
……笑ってる。すごく自然に笑っている。
そう、前に教室で見たことのある綿貫くんは、こんなふうに楽しそうに笑っていた。友達の前だと、こんな笑顔で接するんだ。
ここに深沢先生がいたなら、きっともう"岩"とか言わない。
"犬"って感じ。笑うドーベルマン……的な。
……それはそれで恐ろしい。
怖い、怖いと思っていたけど、あたしにもこんな顔を向けてくれたなら、少しは可愛いらしいと思えたのに。
「おら、消毒だけでいいだろ」
「よくねーよ。めちゃめちゃ血ぃ出てんだよ」
「我慢しろ」
悪態をついていても、あたしに接するときとは正反対。所々に笑い声が挟(はさ)まっているから。
「あ、篠田くん、これ……」
ポケットの中の絆創膏(ばんそうこう)を渡そうとすると、なぜか間に綿貫くんが割って入って、取られた。
乱暴で、取られたときの摩擦で、ちょっと指がヒリヒリ痛いし。
……意地悪。あたしにだけ、意地悪。
本当に、何しに来たんだろう。
「ほら、巻いてやる」
「さすがにそれはいいよ。キモいから」
男に貼(は)ってもらうのは嫌だったらしく、篠田くんは絆創膏を受け取って立ち上がった。
「だったら、彼女にでもやってもらえ」
「そうする」
「爆発しろ」

142　ひみつごと。上

「ははっ」
ふたりで笑った後、篠田くんは扉を開けた。
「じゃ、サンキュ。中倉もありがと」
「ううん」
あたし、何もしてないし。

保健室から人当たりのいい笑顔が消えて、
「…………」
「…………」
篠田くんと会話をしていたときは笑顔だったくせに、あっという間に無表情のジャイアンとふたりきり。
綿貫くんの無表情は、内山くんが怒った顔よりもきっと数倍怖い。内山くんが怒ってるところなんて想像出来ないけど。
「あのー……」
「あ？」
さっきまでの人は、別人ですか？
「あの……、どこか悪いの？　先生、今いなくて……」
「…………」
……声なんかかけないで、黙ってベッドに戻れば良かった。
「ごめんなさい……、えっと……、あたししかいなくて」
何の謝罪なのやら。
「別に……どこも悪くねぇから」
「え」
喋った!?
というより、どこも悪くない……？って、言った？
それは、何のための保健室――
「っ……」

じっと見られ、後退りをしてしまう。
睨まれたわけじゃない。
ただ、真っ黒い瞳で見ているだけ。それは、睨まれる以上に怖いことのように思えて、目をそらした。
恐怖とか……そんなんじゃなくて。特別な意味がこもっているような気がして、……このおぼつかない足取りで、今すぐ逃げたくなった。
「あ、あたし……、次の授業も出られそうにないので……」
背を向けて、ベッドに戻ろうとすると、
「ひゃあ!?」
手をつかまれ、大きな声を上げてしまった。
「な……なに？」
「そんなに具合悪いなら、俺が送——」
綿貫くんが言いかけたとき、３人目の来客が。
今度こそ先生が戻ってきたのかと思ったら、
「緋芽せんぱーい？」
「真幸くん！」
真幸くんは一瞬笑顔になったのに、すぐに表情を曇らせた。
「……と、武さんもいたんですか」
真幸くんは、愛想笑いを作り上げるのが上手い。
まだ手を離してくれない。振りほどきたくても、あたしの力じゃ無理。
真幸くんが見てるのに。
真幸くんは、あたしたちの繋がった手を気にしつつ、笑っている。
「やっぱり、さっき体育見てたの緋芽先輩だったんですね」
一度も目が合わなかったのに、気付いてくれてたんだ……。

それを聞いた綿貫くんが、
「ちっ」
特技の舌打ちをした。
今度は、何の苦情だろう……。軽く、本当に軽くだけど、慣れた。
「なんだよ、仮病かよ」
それ、あたしに言ってる？
「だ、誰が仮病——」
「久我を見たかっただけかよ。心配して損した」
「違……っ、本当に具合が悪くて……」
先生が言ったこと、同じクラスなんだから聞いてたでしょ？
大きい声を出すもんじゃない。ちょっとフラフラする……。
どこか引っ掛かりを感じて、綿貫くんが言った言葉を巻き戻してみる。
……心配して損した？
「心配……したの？」
「は？」
喋ってる最中は無意識だったのだろうか。
綿貫くんは頭に血がのぼったみたいに顔を赤くさせた。
「しっ……てねーよ！　誰がお前なんか！」
「た、武さん」
真幸くんがなだめようと綿貫くんの肩に触れる。
学校中に響き渡るんじゃないかってくらい、大きな声。
それは大げさな表現すぎるかもしれないけど、どうして具合が悪いときって他人の声が大きく聞こえてしまうんだろう。
頭の中でシンバルを鳴らされている気分。ビリビリする。頭、痛い……。

「ヒメのくせに、妙なこと言ってんじゃねえよ！　バカじゃねーの」
そんな、「のび太のくせに」みたいに言うところまでジャイアン。
あたしはただ、あなたが言った言葉を繰り返しただけだよ。
何でまた怒鳴るの。そんなにあたしが嫌い？
すごく、やだ。……頭が痛い。
「おっきい声……、出さないで……、頭いた……っ」
真幸くんも、綿貫くんも、表情をギョッと強ばらせた。
それは、あたしが泣きだしてしまったから。
体が弱って泣いているのか、怖くて泣いているのか、自分では判断がつかない。
「はっ、離してよぉ！　姫って呼ばないで！　それあたしの名前じゃない！　かっ……顔こわい……っ、やだ……」
クラクラする。
綿貫くんに対して溜まっていた気持ちが、一気に飛び出していく。
正気になったときにこの時のことを思い出したら、きっと後悔するだろう。具合が悪いと、自分の辞書から"理性"って単語が消えるものなのだろうか。
つかまれていた手がそっと離された。
目を閉じて涙を拭っていたから、綿貫くんの表情は知らない。
「緋芽先輩」
真幸くんの静かな声が聞こえて、
「ラーラーラララララー」
鼻歌と共に、４人目の来客。前にも聞いたことがあるこの陽気な歌声は、深沢先生。

「わっ!?　なにやってんだ男共！」
顔に似合わず、先生はたまにすごく男らしい。
「男ふたりで女の子泣かせて、もう！　しっしっ！」
先生が間を割って入ってあたしの腕をつかみ、手をぱたぱたさせてふたりを保健室から追い出す仕草をした。
綿貫くんはまだ何かを言いたそうだったけど、先生が「いいから、ほら！」と急かしたから、おとなしく廊下へ出た。
真幸くんも、さっき言い掛けた言葉を続けようとはせず、ぺこっと軽く会釈して綿貫くんの後ろに続いた。
「まっ、真幸く……待っ……！」
真幸くんは振り返る。いつものような覇気や笑顔はない。
多分……、間違いなく、あたしのせい。
苦しい。息を吸うのが難しい。喉の辺りで酸素の通り道が狭くなっているみたいで、小刻みに呼吸を繰り返す。
息を吐き出す音と同じ声色で、あたしは、
「待ってる……、放課後」
守れるかも分からない一方的な約束に、真幸くんはただ微笑んだ。

保健室には先生とふたりだけになって、ホッとした瞬間に思い切り咳込んでしまった。
「ケホケホッ！っ……」
「ああっ、大丈夫？　ゆっくり吸って？」
先生に合わせて、息を吸う。まだ喉に引っ掛かりがあって、苦しい。
「はい、吐いて」
「っ！　けほ……っ！」

「大丈夫？　落ち着いて」
背中をさすってもらったら、手の平の柔らかな温かさに安心して、また泣いてしまった。
「せんせ……、も……、あたし」
こんなあたしは、もう嫌だ。苦しくて仕方ない。
「大丈夫よ。熱があるから、心もちょっと弱ってるだけだからね」
先生は、気の毒そうに笑って、
「今日はもう帰ろうか？　送っていくから」
あたしはそれに、黙ってうなずいた。目を閉じると、真幸くんの笑顔が見えた。

家に帰ったら、お母さんが氷枕を用意してくれて、それからどれだけ時間が経っただろう。
目を閉じて、目を開けて。それを何度か繰り返す内に、いつの間にか窓から射す光が弱くなっていた。
今何時かな？
「こんにちは」
「はーいっ」
来客があったようで、お母さんの返事する声も聞こえた。
男の人の声。セールス？　電気屋さんか、水道屋さん？　宅配便とか？
いまいち焦点が合わない頭で考えていると、あたしの部屋がある２階へ続く階段を上る足音が近づいてきた。
この足音は、お母さん。家族っていうのは不思議で、足音だけで誰なのか分かるもの。お母さんは、１段１段をのぼる速度が

遅い。
コンコンと控え目なノックのあと、
「緋芽？　寝てる？」
その声は、やっぱりお母さん。
「ううん、起きてる」
返事をすると、部屋のドアが開いた。表情はなぜか楽しそう。
「なんかね、友達？　が来てるわよ」
「友達？」
なんで疑問符？
あやめがお見舞いにでも来てくれたのだろうか。あれ？　でも、聞こえた声は男の人のものだったような……。
「あやめ？　部屋に来てもらっていいよ」
「や、あやめちゃんじゃなくて、男の子なのよ」
「え……」
まさか。
真幸くんなら、あたしの家を知っている。
もしかして、気にして来てくれたんじゃ――
掛け布団をはねのけて、ベッドをおりる。
着てるの、パジャマじゃなくて良かった。
部屋着にしているパーカーとスウェット。
手ぐしで髪の毛を整えて、部屋を飛びだす。
「走っちゃダメよ！」
「うん……！」

ゆっくりと、でも逸る気持ちも抑えきれなくて、階段を下りる。
さっきまで足に重力を感じていなかったから、一歩が重い。
玄関が見えてきた。階段の手すりが邪魔で顔が見えないけど、

149

白いシャツと黒いズボン。それは、男子の制服。
「ま……真幸く……──」
期待をこめて呼ぼうとした名前を、言い終わる前に止めた。手すりの上から見えた顔が、真幸くんじゃなかったから。
「……なんで？」
信じられなくて、言葉を漏らしてしまう。
どうしてまた……この人が？
「綿貫くん……」
玄関に立ってうつむいていた綿貫くんは、あたしに気付いてばつの悪そうな表情をした。
緊張して足取りが強ばって、階段の下から3番目で立ち止まってしまう。
「あ……、の」
「ヒメ、ちょっといいか？」
「う……」
それ、呼ばないでって言ったのに。
たじろぐけど、後ろからおりてきたお母さんが、
「何やってるの？　待たせちゃ悪いわよ」
ぽんっと背中を押した。まだニヤニヤ顔。
そして、あたしの耳元で囁いた。
「あの子が久我くん？　結構かっこいいじゃない」
何か勘違いしている。
真幸くんの名前を知っているのは、ネーム入りジャージの洗濯をお願いしたから。
保健室で叫んでしまった手前、近くに行きづらい。でも、お母さんに会話を聞かれるのも困る。
あたしは玄関まで歩いていき、

150　ひみつごと。上

「聞く……から、ちょっと外に出たい」
「分かった」
そこにあったサンダルを履いて、家の外に出た。

後ろ手にドアを閉める。
少しの蒸し暑さを残して、日中よりも幾分か涼しい。
「……話って？」
「お前、生意気なんだよ」とかだったりして。今日、なんか色々言ってしまったし。
しかも、自分では内容覚えてない。"姫"って呼ばないでって言ったことくらいしか……。
「いや……、なんつーか……、えーとな」
綿貫くんは歯切れの悪いことばかり繰り返して、中々用件を切り出そうとしない。
ふたりきり、居心地が悪い。何を言いに来たのかすらも分からないし。
「用がないなら、あたしは……——っ！」
家の中に逆戻りしようとすると、パンッと乾いた音を立たせて腕をつかまれた。
「な……っ、なんですか……」
いけない、怖がっちゃ。今は睨まれてるわけじゃないんだから。……多分。
めちゃめちゃ表情が強ばっていて、般若みたいな顔つきだけど、睨まれてはいない。
だって、顔赤い。
「わ」
般若の口が開く。頑張って笑おうとしているのか、そこがまた

怖い。
っていうか、「わ」って何？
「わる」
「……わる？」
1文字ずつ足していく作戦ですか？　なんて長い道のり。
「あのなっ！」
「ひえっ!?」
カッ！と、目が光……───、違う違う！　だから、気のせい！
「わ、わる……悪かったな！」
「…………え？」
謝られ……た？
綿貫くんがそんなことを言うなんて信じられなくて、まじまじと見つめてしまう。
「えー……と」
なんて返すべき？とか思っていたら、
「だから、泣かせて悪かったって言ってんだよ！　お前耳ついてねーのか！　ああ!?」
「ごっ、ごめんなさい！」
謝られたはずのあたしが、謝ってる。そんな状況は、どこかおかしい。
「用件はそれだけだ！」
「はい……っ！」
なんでだろう、謝られた気がしないのは。
「っ！　けほっ……」
大きな声を上げてしまったからか、喉に刺激を感じて軽い咳が出た。
「おい」

「は、はい？　っけほ……」
叫び声とは違って、低い声色で呼び掛けられ、かすれた声で答える。
「早く治せよ」
「あ、……はい」
あたしに、優しい言葉をかけるとは。
意外で、目をパチパチ瞬(まばた)いてる間に、綿貫くんは背を向けた。
本当に、それだけのために来たのだろうか。わざわざ？　謝るためだけに？
悪い人じゃ……ない？
勝手に怖がってばかりで、失礼な想いを抱いてしまった。
「綿貫くん！」
背中を見て、呼び止めると、首だけ回して振り向いた。
「……あ？」
怖……くない！　ない！
「ごめんなさい、あたしも……。ありがとう、わざわざ」
カタコトになった。日本人なのに。
「別に」
そして、綿貫くんはまた背を向けた。
「あっ……」
言い足りなくて、声を漏らす。
綿貫くんと話をしていても、どうしても頭から離れなかった人物は……。
「なんだよ」
「えっと……、真幸くんって……」
「はぁ？」
「いっ、いい！　何でもない！」

よく考えたら、っていうかよく考えなくても、真幸くんのことは綿貫くんに関係ないし。部活の先輩、後輩っていうだけで。
もしかして真幸くんも会いに来てくれるかも……なんて、そんな気持ちを人に知られるの恥ずかしいし。
「気になるか？　久我のこと」
「えっ!?　べ、別に……」
「会いに来てほしいとか思ってたりして」
「お、思ってない！　……です」
服の裾を握って、とっさに嘘をつく。
「ふーん？　まぁ、どうせ久我なら帰ったし」
「そ、そう……」
……当たり前か。
はぁ、と大きく息を吐く。
あたしが具合悪くさえならなければ……。
ぶるっと体が震える。だるいのを我慢して立っていたけど、そろそろ辛くなってきた。
いつまでも外にいないほうがいい。
家の中に入るつもりで、玄関のドアに手を掛けると、

「久我は、マネージャーと一緒に帰ったよ」

信じられない言葉に、そのままの格好で身を固めてしまう。
「じゃあな」
ひどく遠くに聞こえた気がしたあいさつに、何も返すことが出来なかった。

思い出すのは、土曜日。

明日奈さんを自転車の後ろに乗せる、真幸くん。
——『だったら先輩しか乗せません』
風が吹いている。
夏でも、夜は昼より涼しくて、ひんやりと肌に感じるたびに不快感が増す。
——『共犯』
足元にポタポタと雫が落ちる。
早く……、家に入らないと。お母さんが心配する。
休んでないと、また学校に行けなくなっちゃう。
「っ……ふ……え……っ」
「嘘つき」とか、思う資格なんてある？
分かっていたはずなのに。忘れてた。
彼氏じゃない、彼女じゃない。
あたしたちの間には、何もないってことを。

　　　　　　　　　　＊

「あっ、武さん？　家、こっちなんっすか？」
「久我」
綿貫が自宅へ引き返す途中、自転車に乗った真幸と鉢合わせた。後ろには、誰も乗っていない。
「お前、マネージャーと一緒にいなかったっけ」
「えー？　明日奈は、小林が送っていったんすよ」
「じゃあ俺の勘違いだな」
綿貫は白々しく、台本でも用意されてたかのような棒読みで言い、
「終わったか？　片付け」

話題を切り替えた。
「はい！　新しいのも古いのも、どっちもしまってたら遅くなっちゃって」
「……だろうな」
最後の呟きは、真幸には届いていない。
「どっか行くのか」
「えーと……、はい」
真幸の答えは曖昧だったが、綿貫には考えが透けて見えていた。
「ヒメなら、行っても無駄なんじゃねーの？」
「……え？」
綿貫は真幸の目を真っすぐ見つめ、
「俺がさっき様子見てきた。でも、お前とは会いたくないって言ってたけどな」
一応、嘘ではない。緋芽が言った言葉をそのまま言っただけ。
だけど、それに含まれている本当の意味は、伝えなかった。
それだけ言うと、綿貫は真幸を擦り抜けて去っていった。

＊

涙を止めて、家に入る。泣いた跡がバレないように、下を向いて。
「緋芽、ご飯……」
「ごめん、食べたくない……」
ちょうどお母さんが夕飯を用意してくれたところだったけど、食べる気にはなれなくて、部屋への階段を上ることにした。
「大丈夫？　今おかゆ作るわね」
「いいよ、平気。明日は……元気になるから」

そんな保証はどこにもないのだけど、強がりでも言わなきゃまた泣いてしまいそう。
部屋に入り、電気のスイッチを入れる。
ベッドの上には、乱れた掛け布団。慌てて出たから、ぐちゃぐちゃ。
真幸くんが来てくれただなんて、バカな勘違いをしたから。
あたしが具合悪くなったりしなければ、早退したりしなければ、会いに来てくれたよね？　保健室に迎えに来てくれたよね？
一番に会いに来てくれたでしょ？
きっと……そうだよね？
「……会いたいなぁ……」
想っても、届かない。
今すぐ伝えられない。
ケータイを気にしてみても、伝えたくてもどかしくても、どうしようもない。
だってあたしたちは、お互いの連絡先すら知らない。
学校に行って、保健室に行って……。会える場所は、そこしかない。
それくらい、薄くて脆くて、……それだけの関係。
思い知らされた。
一番近いのは、あたしなんかじゃないって……。

——あたしは彼のことを何も知らない。

強引

「あれ？　めずらしい。今日は保健室行かないんだ？」
2日ぶりに登校して、真っすぐ教室に向かおうとしたあたしに、あやめが保健室の方向を指差した。
「……ん」
小さくうなずいて、のろのろと歩く。
「なんでー？　今日は、あの1年くんいないの？」
「いると思うけど……」
今日も真幸くんは仲間たちと、あの笑顔で走り回ってるだろう。
そして、すぐ傍には、明日奈さんも、きっと……。
思えば、ふたりはいつも一緒だった。
2日ぶり。だから、尚更真幸くんの顔を見たいと思う。
だけど……、それ以上に、明日奈さんといるところを見たくなくて……。
ため息をひとつ。
あたしって、めんどくさい。
「……じゃー、あたしだけ保健室行ってくる」
「えっ!?」
横を歩いていたあやめが、くるっと方向転換した。
「どうしたの、具合悪いの？」
「あんたじゃないって。じゃあね」

そして手を振り、パタパタ靴音を鳴らして走っていった。
具合も悪くないのに、保健室。
あたしの付き添いでもなく、保健室。
あの、あやめが……？
その理由は……グラウンド？
グラウンドの、……誰を？
「…………」
気になって、足先の向きを変える。
上履きが、キュッと音を立てて床をこする。
すると、
「お、中倉来たか」
担任の先生に声をかけられ、
「あ……、おはようございます」
「おはよ。お前が休んでたときに返したノート、ちょうどいいから取りに来なさい」
「はい」
あやめのことも気になったけど、先生について職員室に向かうことにした。
今日だけ。こんなモヤモヤする気持ちが落ち着いたら、また真幸くんと笑顔で会える。
この時は、そう思っていた。
あたしは、自分の気持ちしか頭になかったんだ。

*

「おはようございまーす」
「おはよう、中倉さ……、あら？　宇佐見(うさみ)さんだけ？」

あやめが保健室に顔を出すと、深沢先生はキョトンと目を丸くした。
「そっか、中倉さんは今日も休みなのね」
「んーん、いるよ。今日は保健室行かないんだって」
「そうなの？」
先生がグラウンドに目をやる。
相変わらず、真幸はいるのに。
そして、最近は毎日綿貫の姿も。1年に混ざって、朝から遊ぶようなアクティブなタイプには見えないのに、と、先生は思っていた。
あやめが窓際に行き、グラウンドを見つめる。
それに気付いた真幸が、駆け足でやってきた。
「宇佐見先輩！」
「おー、まさ……」
と、呼ぶと、緋芽が怒るんだった。思い出し、言い直す。
「じゃなくて、久我くん」
真幸はあやめに軽く頭を下げて、保健室の中をキョロキョロ見回した。
「緋芽ならいないよ」
「えっ、あ……、まだ休んでるんですね」
「や、今日から来てるけどねー。先に教室行ったと思う」
「……来てるんですか？」
保健室に寄らず、教室に。その、意味は……。
「なんだろ？　今日は、保健室来たくなかったみたい」
あやめが首をかしげる。
緋芽が思い直して、保健室に行こうとしていたことは知らない。
「そうですか」

真幸はそれを聞いて、思い出していた。2日前の、綿貫の言葉を。
真幸はまた頭を下げ、グラウンドに走っていった。
「変なの……」
よく事情が分かっていないあやめは、ため息をついて呟いた。
彼女が見つめる先には、ひとりの男子。それは、今ここにいる理由。

　　　　　　　　　　　＊

先生にノートを貰って、成り行きで話に付き合っていたら、すっかり遅くなってしまった。
時間ギリギリに滑り込み入室をし、ホッと息をついて席に着いた。
朝読書の時間とホームルームが終わって、1時間目が始まるまでの休み時間になって、あやめがあたしの前の席に腰を落ろした。
「間に合ったねー？　てか、何やってたわけ？」
バンバンと、平手で頭を叩かれる。あやめのスキンシップは、いつも雑。そして、痛い。
「平野先生に、ノート返すから来なさいって言われて」
「えっ、本物の用事？　やっばー……」
むしろ、偽物の用事っていうのは何なんだろう。
「やっばー」って、そんな、やっちゃった感を醸し出されると、すごく気になるんだけど。
何かあったのかと聞こうとすると、
「お前、来てたのか」

会話に割り込む男子の声に、声を出すことが出来なくなってしまった。
「なにー？　綿貫」
あたしが何かを言うより先に、あやめが聞く。
綿貫くんは、それを無視して、あたしを見た。
「お前も、いつも保健室来てるわけじゃねーんだ？」
「はい……」
と、言うことは、また真幸くんたちに混じってグラウンドにいたのだろう。
悪い人ではないのだろうけど、この威圧感が……。
悪人ではないからといって、苦手じゃないかと問われたら、それはまた別の話。
「あのさぁ、あんた最近なに？　緋芽に絡んでばっかで」
あやめがムッとして、めずらしく怒った声色。大抵のことなら、持ち前のゆるさで流すのに。
「何がだよ。お前に関係ねーだろ」
綿貫くんも、ムッとした声。
というか、この人の場合は、ムッとしていないことのほうが少ないような……。
「関係ないってかー⁉　あんたのほうが関係なくない⁉　勝手に入り込んできて！　ほら、緋芽泣きそうじゃん！」
「あっ、あやめ……！」
泣きそうというより、険悪なムードになりつつあるから、おろおろしているだけだけど。
綿貫くんも声が大きいほうだけど、あやめも周りを気にしないから声量すごい。
「緋芽のこといじめるのやめてくれない⁉　ってか、あたしの

162　ひみつごと。上

ことシカトすんなし！　こらー！」
あやめがまだ話し途中だったのに、綿貫くんは自分の席に行ってしまった。
何かがたまっていたのだろうか。あやめが誰かに怒鳴るなんて、中々ない。
「……っムカツク！」
ぶつけどころをなくした怒りを抱え、あやめが苛立った声を出す。
「ごめんね……」
「は？　緋芽なにしたの？」
「なにっていうか……、あたしがハッキリと言わないから、あやめが代わりに……」
「あー、違う違う。綿貫ってイライラすんだもーん」
コロッといつも通りの態度に戻り、あやめが笑う。
「仲悪い？」
むしろ、このずけずけ言いまくる感じが仲良しなんだと思ったんだけど。
「間違いなく、よくはないよねー」
その笑顔は、少し無理してるように見えた。
「そうなんだ……」
じゃあ、最近綿貫くんが話し掛けてくるのも、あやめにとっては不快でしかなかったのかな……。
「あっ、チャイム」
あやめが立ち上がり、あたしに手を振る。
「……ほんとに……むかつく」
去りぎわに、誰に向けたわけでもない呟きが聞こえた。

昼休み。
真幸くん……いるよね。2日と半日見ていない。
また明日奈さんが傍にいるかもしれないけど……。
会いたいなぁ……。
会いに……行ってもいい？
あたしはロッカーから弁当箱の包みを持ち出し、保健室に向かった。
2回ノックして、そっと覗(のぞ)くように扉を開ける。
2日も休んで、しかも朝は行かなかったから、深沢先生に対してもちょっと気まずく感じる。今日も休みだと思われてるんだろうな。
「し、失礼します……」
「あらー、中倉さん久しぶり」
「どうも……」
なにが「どうも」なんだか。
心の中でツッコミ。
「朝はどうかしたの？　宇佐見さんだけ来たから、久我くんとケンカでもしたのかと思っちゃった」
そっか。あやめがいたんだから、あたしが休みじゃないってことは先生に伝わってたよね。
「ケンカなんてしないです！」
右手を左右にぶんぶん振って否定をする。
ケンカなんてしない。最初の頃はともかく、最近の真幸くんは優しくて、いつも笑顔で、一緒にいるだけで幸せだから。
あたしが一方的に避けてしまっただけで……。
真幸くんは優しい。誰にでも、優しい……。
「そういえば、あやめってどこか体調悪かったりしたんです

か？」
ひとりで保健室に行きたがることが気になっていたから、先生に聞いてみる。
「んーん？　ただ窓の外見てたわよ？　宇佐見さんがひとりでそんなことするのって、初めてよね」
「そうですか……」
元気だということを知って、ひとまずはホッとする。
そして、すぐに不安な気持ちが顔を出した。
窓の外の、……誰を見てたんだろう。
「先生は、お昼に行ってくるね。誰か来たら、職員室に電話くれるかな？」
「分かりました」
先生は財布を持って保健室を出ていき、あたしはいつも通りに椅子を借りてお弁当の包みを解いた。
グラウンドを見ても、まだ誰もいない。昼休みは始まったばかりだし、無理もない。
小さな弁当箱の中に箸を入れる。
いつも玉子焼きだけは自分で作っているけど、今日は失敗して焦げっぽくなってしまった。もったいないから、捨てずに入れてきたけど……。
パクッと一口。
……苦い。でも、砂糖が入っているから、甘い。苦甘い。……っていうか、おいしくない。
ため息をつく。
「別にいいか。食べるのあたしだけだし」
ひとりごとの後に、思い出した。
——『この玉子焼きうまそう』

165

あの時は、「おいしい」って、喜んでくれたんだよね……。
今日来られたら、ヤバイかも。

しばらくして、窓の外がガヤガヤと騒めきはじめた。
バッ！と、勢い良く顔を上げる。
来た。真幸くんたち……。
明日奈さんはいなくて、男子のみ。
何となく安心する。
でも、明日奈さんって、いつも一緒には来ないで、後から見に来るんだけど。
女子だから、男子のご飯を食べるスピードには追い付けないのかも。
サッカーボールを持って、蹴らないでドッジボールらしきものをして遊びはじめた。
楽しそう。いいな……。
食べる手を止めて、見入ってしまう。
真幸くんがボールから避けながら、こっちを見た。
目が合って、……驚いた表情を向けられた。
朝いなかったのに、なんで今いるの？って顔なのかな。
一度は確かに自分の意志で来るのをやめようと考えたけど、本当は見たくて。
でも、先生に職員室に呼ばれてしまったから、結局はあたしの意志は関係なく無理だった。後で説明しよう。
手を振ると、戸惑った表情の後に目をそらされた。
「……え」
見えてた……よね？
いつもなら、手を振り返してくれる。

166　ひみつごと。上

いつもなら、こっちに駆け寄ってきてくれる。
あたし、何かしたかな……？
思いつくのは、今日の朝行かなかったこと。
……それくらいで避けるとは思えない。
グラウンドを見に行かなかったのは初めてではないし、それならそれで、「何で俺のこと見ないんですか」とか、言ってくるから。
それなら……、休む日の前に、ここで泣き叫んでしまったこと？
それとも……、
──『久我は、マネージャーと一緒に帰ったよ』
それは、友達とは違った意味で……？
避けられたことがショックで、原因を考えても悪いことしか浮かばない。
じわりと涙がにじんで、まだ半分も食べていない弁当箱を片付けた。
あの不味い玉子焼きは、あたしにも真幸くんにも食べてもらえないまま……。

*

「いってぇ！」
緋芽が目を伏せたグラウンドでは、ひとりの男子の悲鳴が轟いた。
勢いづいたボールが急所に思い切りぶつかり、苦しそうにむせている。
投げた張本人、真幸はハッと我に返って、目の前の光景を見つ

めた。
「あれ？　俺、ぶつけた？」
無意識の行動だったから、覚えていない。
「なんだそりゃ！　ちょー痛かったっつーの！　遊びで本気になりすぎなんだよ！」
「あ、ごめん」
形式上、一応謝ってはみても、全く悪いことをしたとは思っていない。
投げたときの記憶がスッポリ抜けているから。
真幸の意識を支配していたのは、保健室。その中の、ひとりの女の子。
手を振られたのに、何も返さなかった。
今見ると、つむじをこちらに向けている。
「真幸ーっ！　まーさきー！」
女子の声で呼び掛けられ、声の方、グラウンドへ続く石段を見ると、そこには明日奈。
「なにー？」
「次！　体育だよ！　早く着替えておかないと、また怒られちゃうんだからね！　遊ぶなら、体育館にしなよ！」
そういえば、と、言われて気付く。5時間目は、体育館でバレーだ。それに、遊ぶ道具なら体育館の方がたくさんある。
どうして自分は、いつもグラウンドに来るのだろう。考えたこともなかった。
「げほっ、おー、明日奈ぁー、呼ぶの真幸だけかよ」
みぞおちを攻撃された男子が、咳込みながら明日奈に苦情を。
「今さらじゃーん。ほらー、真幸！」
明日奈は女だけど、男の親友みたいにいつも傍(そば)にいる。そんな

168　ひみつごと。上

に男の中ばかりにいて、つまらなくないのだろうかと、たまに思う。
もう一度保健室を見る。
こちらを見ていない"彼女"とは、目が合わない。
「早く。あたし、友達待たせてるの」
明日奈に腕を引かれ、しょうがなくグラウンドを後にした。
「"遊びで本気になりすぎ"……」
真幸は、さっき言われた言葉を、自分の声で繰り返した。

*

「はぁ……」
空っぽになったグラウンドを前に、ため息をひとつ。
明日奈さんが現われて、ふたりが話しているところを見たくなくて……。そうこうしているうちに、真幸くんは姿を消した。
目を伏せていたけど、明日奈さんに腕を引かれていったことは、開いた窓から漏れて聞こえた会話から想像できた。
窓、閉めとけばよかった。
あたし、何しに来たんだろう。バカみたい……。
今ごろ真幸くんは、あたしが惹かれたあの笑顔を、誰かに向けているのかな。あたしじゃない女の子に……、明日奈さんに。
いつの間にこんなに真幸くんのことばかり考えるようになってしまったんだろう。
息がつまりそう。
真幸くんがいないなら、ひとりぼっちで保健室にいる理由はない。具合が悪いわけでもないし。
「戻ろ……」

弁当箱の包みを持ち、職員室の深沢先生に電話をかけてから、教室に戻ることにした。

廊下を歩きながら、考える。
放課後は……どうしよう。あたしが見てたら、迷惑かな。うっとうしいって、思われたらどうしよう。
真幸くんに拒否されることなんて、考えてもいなかった。
だって、いつも……
──『保健室で見ててください』
いつも……、求めてくれていたから。
──『真幸って、変なもの好きだよね』
今でも、思い出すだけで胸がチクチクする。
本当に、そうだったのかもしれない。物珍しかっただけで、もう飽きちゃって……、だから……。
そうだったら、どうしよう。
涙が出そうになったけど、ここが色々な人がいる廊下だと気付き、必死でこらえた。

教室に近づくにつれ、深呼吸。
友達に、様子が変だってことを気付かれたくない。特に、あやめ。
あれでいて、案外心配性なところがあるから。
ただ、気分にムラがあるから、心配しないときは本当にいつも通りだけど。
「？」
なんだか、怒鳴り声？が、聞こえる……みたい？
どこの教室からだろうと歩いていくと、どうやらあたしたちの

クラス。
誰だろう。
入っていって大丈夫なものなのか……。
開け放たれた前方の扉から見ると、
「えっ！」
まさかの、あやめ。
しかも相手は綿貫くん。
「なんなんだよ、お前！」
「それはあたしのセリフですぅー！　なんなの、最近！　いっつもいつもー！」
教室の中心部で、怒鳴り合い。教室の中の皆は、全員がふたりを見ている。
止める人は誰もいなく、
「もっと言っちゃえ、あやめっ！」
「手は出すなよ、武！」
とかなんとか言って、あおってる。
こういうことを止めてくれそうな人物、内山くんは……、いない。
だったら、綿貫くんの友達の篠田くんなら……。……いない。
「前っから言おうと思ってたの！　人種で態度変えるとこムカつく！　カテゴリー分けすんな！」
……カテゴリーって。あやめ。
「してねーだろ！」
「してるから言ってんのー！　あたしに優しくしろ！　跪（ひざまず）け！」
……あやめ。
怒鳴り合いなのに、なぜだろう。なんか脱力する。

本当に、よく綿貫くんと言い合えると思う。あたしは遠巻きに見ても怖いのに。
とか、感心している場合じゃない。誰かが止めないと、終わらない気がする。
しかも、やめてほしいと思う人はあたし以外にいないらしい。
意を決して、教室に飛び込み、あやめの手をつかんだ。
「あやめ！」
「ぬおっ!?　緋芽!?　どうしたの！」
それは、あたしのセリフ。
「どうしたの、じゃないよ。あやめこそ、どうかしたの？　なんでケンカしてるの」
あたしが間を割ったため、一時休戦。
「ケンカじゃないもーん」
「ケンカ以外の何かには見えなかったよ」
正直、迫力があって怖かったし。
「じゃあ、あいつに聞いて」
あやめが、あたしの後ろを指差す。そこには、綿貫くん。
あたしが……聞くんだ？
普段の3割増しの怖い顔を予測して、ゆっくり振り返る。
一発で目が合う。想像より怖くない。
何かを言いたげで、言いだせなくて、噛みしめている。そんな顔。
「あ、あの……なんでケンカ……」
「っーー！」
やっぱり、何かを言いたそう。だけど、ギーッと睨むだけで、何も言わない。
あまり怖くないのは、1対1じゃないせい？　それとも……、

172　ひみつごと。上

顔が赤いから？
「お前に関係ねーだろ！」
綿貫くんはそんな捨て台詞を吐いて、ドカドカ靴音を鳴らし、自分の席に帰っていった。
「ふん、根性なし」
その背中に、あやめが辛辣な言葉でとどめを刺す。
「なさけな——」
「あっ、あやめ！」
まだ言い足りないらしいあやめの口を、慌ててふさぐ。
綿貫くんには意外とダメージが大きかったらしく、悔しそうな顔はしてたけど言い返してこなかった。
「結局、どっちの勝ち？」
「宇佐見だろ」
「綿貫くん、かっこわるー」
クラス中が口々に言い交わし、あやふやなままで終了。
「どうかしたの？」
落ち着いてから、もう一度問い掛ける。すると、
「緋芽、早かったね。1年くんいなかったの？」
逆に、質問された。
「あ……、うん。いなかった」
半分嘘。いなくなったのは、途中から。
「そっか。頑張ってよ」
「え？」
「あたし、一応応援してんだからさー」
「応援って、別にそんな……」
「はいはい、分かってるって」
あやめはニコニコ笑い、あたしの頭をこぶしで撫でた。

指の関節がグリグリ当たる。
グーって。……痛いんですけど。
結局真相を聞けず、昼休みが終わった。

　5時間目が終わり、6時間目は体育。
だけど、あたしは運動出来ないからいつも見学。
更衣室で着替え終えてから、体育館へ。
5時間目に体育だったクラスとすれ違いになった。
靴の色は、緑。1年生の学年カラー。
そうだ……、真幸くんのクラスが、体育館でバレーをしてたんだった。
真幸くんは、もう教室に戻った？　それとも……。
「あっつーい！　夏の体育館超辛いからー！」
「もー、やばいよ、あの熱気」
手をうちわ代わりにパタパタさせて向かってくるのは、女子数名。その中には、明日奈さんも。
彼女に気付き、あたしは下を向く。向こうも、こちらに気が付いた。
早く通り過ぎよう。この子、あたしが聞きたくないこととか言うのが好きみたいだから。
下を向いて、早歩き。
「え、なに？　なに？」
隣にいるあやめが変化を感じ取って、合わせて早歩き。
「あ」
「真幸ーっ！」
前方を見ているあやめが声を出したのと、背中から明日奈さんの声が聞こえたのは、ほぼ同時だった。

反射的に顔を上げると、体育館から真幸くんが出てきたところだった。
真幸くんもあたしを見つけて、その場にピタッと止まった。
やっぱり、変。いつもなら、名前を呼んで駆け寄ってきてくれる。
いつも……なら。
「緋芽、あれ」
あやめが、真幸くんを指差す。その仕草から、「会ったのに話さないの？」と言いたいことは、口に出さなくても分かった。
また目をそらされたら……って思うと、動けない。
「真幸っ、早く」
あたしを追い抜いて、明日奈さんが真幸くんの腕をつかんだ。風を巻き起こして、甘い香りと共に、あたしの髪の毛を揺らした。
「ちょ、待っ……、明日奈痛いって」
「ねー、真幸ってバレー上手いよねー。野球より合ってるくない？」
ふたりが横を通り過ぎるとき、真幸くんがこっちをチラリと見たのだけど、何も言わずにまた目をそらされた。
「バレー部のがいいかもよ？」
明日奈さんの声が、耳に障る。
「まぁ、でも無理か。真幸って、野球以外は飽きっぽいもんね」
その言葉だけが、いつまでも脳裏に焼き付いて離れなかった。

「緋芽……」
あやめが心配そうに名前を呼び、続ける言葉を選んでいる。

「何かあったの？」とは、聞かないでほしいと願った。それは、あたしが一番知りたいことだから。

体育の授業が始まり、あたしはいつも通り座って見学。たまに、先生のサポートをするくらい。
先生の指示で、バレーボールが入っている金網で出来たカゴを用意することになった。下にローラーが付いているけど、転がすだけでも案外力がいる。
ゴロゴロと鈍い音を立てて、運び入れる。
うちのクラスも、バレーなんだ。
この中に、真幸くんが触ったボールも入ってるんだ。明日奈さんは、それを見てたんだよね……。
出したくないけど、ため息。
ネットは、前の時間に張っていてくれたから、準備はしなくてもいいし。
やることもなくなり、じっと座って、皆が準備運動をしているのを見ることにした。
何もしないで1時間いるだけって、結構辛い。体を動かしている方が、余計なことを考えないで済みそう。
お喋りをしながらだらだら走っているクラスメイトを見て、思う。

体育館2周の後は、チーム分けをして、ようやくバレー。
これって、メンバーにバレー部がいるチームが有利だろうな……。
あたしには関係ないことだから、少し悲しい。
「はぁ……」

ため息って、し始めると止まらない。
体育館をふたつに分けて、バレーコートを女子と男子の分でふたつ。
両方の間には、ボールが飛んでくると危ないから、緑色のネットで仕切りがされてある。
あたしはいつも女子しか見ない。
口に出すと角が立ちそうだから、心の中であやめがいるチームを応援。
試合を見つつも、上の空。
明日奈さんの言葉を思い出す。
真幸くん、バレーも上手いんだ。グラウンドしか見たことないから、バレーはもちろん見たことがない。ポジションは、どこだろう。
あやめのチームの女子が、トスをする。スパイクを決めたのは、あやめ。
バァン！と迫力のある音を立てて、誰も受け取れなかったボールがコートに落ちた。
「あやめ、すごーい！」
「何者⁉」
あやめに皆がハイタッチ。
あの子、なんで運動部に入らないんだろ。
真幸くんも、スパイクとかするのかな。したのかな。……見たのかな。明日奈さん。
ドォン！と、何かが爆発したような音を出したのは、男子チーム。
男子の球技って、力強くてちょっと怖いかも。
凄いなと思って男子を見ると、それを打ったのは綿貫くんだっ

た。
なぜか目が合って、急いでそらす。
試合しながら、女子のチーム見てたんだ？　器用。綿貫くんこそ、バレー部の方がいいんじゃ……？　背、おっきいし。
「緋芽！」
「――え」
突然呼ばれた声に、首を動かすと、目の前にボールが。
「！」
暴投⁉
間一髪で避けたけど、そのせいでバランスを崩して、顔面から思い切り床にぶつかってしまった。
頭の中で、ガンッ！と、はじけたような音が響く。
「い……、いた……」
顔のパーツの中で一番飛び出てる鼻が、一番痛い。
ぶつけた衝撃で目の奥がツンとして、自分の意志に関係なく、一瞬ですごい量の涙が出た。むしろ、鼻血が出なかったことに驚くほど。
「大丈夫⁉」
あやめが慌てて来てくれて、他の皆も周りに集まってきた。
痛いよりも、恥ずかしさの方が勝る。
一切運動をしていないあたしがこけてどうするの。
「ごめ……、大丈夫――、痛っ」
起き上がろうとしたら、両膝に激痛が走った。顔を打ったことに気をとられていたけど、実は擦り剥いた膝の方が重傷だったらしい。
グラウンドみたいに砂や石があるわけじゃないから血は出なかったけど、摩擦で火傷っぽくなってしまい、ジンジン熱くて痛

い。
「立てるか？　保健室行ってこい」
「は、はい……」
先生に言われ、立ち上がろうとするけど、痛くてガクガク震える。貧乏揺すりみたいに見える。
「あたし、ついていく──」
「俺が行く」
あやめが腕を支えてくれようとしてくれたとき、それに被せてひとりの男子が名乗りを上げた。いつの間にかそこにいた、綿貫くん。
「えっ、な……、なんで……。あたしはあやめと」
「宇佐見じゃ、お前の体重支えらんねぇよ」
「そんなに重くな──！」
……い、とは、言いがたい。太っているほうではない……と、自分では思っているけど、あやめの細腕を潰さない自信もない。
「だったら、ひとりで行ける……」
周りの目が、すごく気になる。全ての試合が中断してしまっているし、男子はひやかすようにニヤニヤしながら見てくるし、女子は楽しそうにひそひそ話をしているし。
「ひとり？」
「いぁっ!?　──！」
綿貫くんに、膝を人差し指でツンッと突かれる。頭のてっぺんまで電気が走るような痛みに、悲鳴を上げる。
「行くぞ」
「あっ！」
有無を言わさず手を引かれた。
背中からは女子の黄色い声。男子のブーイング。

それはもちろん気になったのだけど、去りぎわに見たあやめの表情。あの、悲しそうな顔が消えなかった。

「わっ、綿貫く……っ」
腕をグイグイ引っ張られ、足がもつれる。
支えてくれる目的じゃなかったの？　無理矢理歩かされてる感じで、辛い。動いているせいか、膝はさっきよりも痛い。
連れていってもらって悪いけれど、これなら、ひとりでゆっくり行ったほうがマシだった。
これは、優しくするつもりじゃなく、嫌がらせなんじゃないの？　……なんて、思ってしまう。
「あっ！　やっ……！」
「うわっ!?」
歩くスピードについていけず、また転んでしまった。
体育館での時と同じ。べたんっ！と、思い切り全身を打った。
なぜかまたしても顔面から。
転ぶときにも癖というものは出るのだろうか。見事に同じ場所ばかりが痛む。同じ転び方をしてしまったのだろう。
しかも、２倍痛い。
「う……、いた……」
「大丈夫か？」
……誰のせいだと……。
これは、責任転嫁って言うのかな。
だって、なんかもう、……余裕がない。色々なことを考えすぎて。
真幸くんに避けられて、悲しい……？
明日奈さんが傍(そば)にいるから、苦しい？

ひやかされたことが恥ずかしい。
あやめの表情の意味が気になる。
綿貫くんに連れ出されて、意味が分からなくて、……イライラ……する。
「も……、大丈夫。あたし、ひとりで行けるから、戻って……」
「いいよ、連れてく」
「いい……、ほんとに」
冷たい廊下に手をついて、立ち上がろうとしたけど、上手くいかない。
それもそのはず。1回目に転んだだけでも立ちにくかったのに、2回目はもっと無理。
「なにやってんだよ、ほら」
「──！」
パンッ！と、腕をつかまれた手を振り払う。
「あたし、ひとりで行く……から」
下を向いて、顔は見ないようにしたけど、ピリッとした空気で綿貫くんの表情が解ってしまった。
キュッと、上履きが廊下をこする音が届く。
そう、そのまま。戻って。どこかに行って。じゃないと、八つ当たりをしてしまいそう。
「……めんどくせぇ」
「え」
「つか、うぜぇ」
「っ!?」
フワッと、体が宙に浮いた。突然羽根が生えたわけではなくて、
「ちょっ!?　なんっ……！　下ろし──」

綿貫くんに、担がれたから。
"抱っこ"なんて、甘美な響きのものではなくて、米俵を運ぶみたいに肩に担がれている。米俵とか、見たことないけど。
「おっ、下ろし……！　下ろして！」
「とろとろ歩いて行くより、こっちの方が早ぇーんだよ」
……それはあなたの事情でしょうよ。
「だっ……て、恥ずかし……」
「誰も見てねぇだろ」
そういうことではなくて、この行為自体が恥ずかしいと言いたいのに。
何でこんなにあたしに構うの？
基本は冷たいはずなのに、たまに少しだけ優しい。
……この行動が、優しさからくるものなのかは、甚だ疑問ではあるところだけれど。
何とも思っていない異性相手に、こんなことをするだろうか。
綿貫くんは、あたしのことが、好——
だめだめ、違う。うぬぼれすぎ。
好きじゃなかったら、ものすごく嫌いだから、嫌がらせ……とか。
うわ、こっちの方が信憑性がある。

綿貫くんは、ノックもしないで保健室に入った。
「先生、怪我人……、あれ？」
深沢先生はいない。
ベッドを使用している生徒もいないようだから、多分職員室にいる。
あたしは、ストンっと椅子の上に下ろされた。

今まで体が浮いた気持ちだったからか、重力があるのが変な感覚。
っていうか、体重……知られた。
「あの……、ありがとう」
何度も運ばれることを拒んだとはいえ、ここまで連れてきてくれたことに感謝の言葉を。
あたしひとりだったら、今はまだ廊下を歩いているところだっただろう。
「あとは……、先生を電話で呼ぶので、本当に戻って……」
「こんなことぐらいで、先生頼んなよ」
こんなこと扱い。外側から見てるだけなら、血も出てないし赤くなっているだけだから大したことないようだと思うのかもしれない。
……ひとりでやれってことなのね。
立ち上がり、救急箱を持ってくる。
出張中ならまだしも、本当は勝手に使っちゃいけないんだけどな。
すると、綿貫くんに取り上げられた。
「……は？」
「やってやる」
「え!?　いい！　いいいいいい！」
「何回言ってんだよ」
しまった。ちょっと怒ってる。
だって……。
「そんな、あの、勝手に使っちゃダメかも……だし」
「前に、勝手にこれ使って、圭吾(けいご)に手当てしてなかったっけか？」

わざとらしく、そして無理をして作り上げた笑顔を向けられる。
笑い般若！　怖い！
なんて、もちろん口に出せるわけもなく。
「け、圭吾？　誰……」
「篠田だよ。篠田圭吾」
あ、そうだ。篠田くんって、そんな名前だった。
いくらほとんど保健室で過ごすからって、クラスメイトの下の名前を知らないとか……、どうなの。
というか、あたしは篠田くんに手当てをしていない。なぜなら、今みたいに綿貫くんに道具を奪われたから。
「あの、でも、あたし、篠田くんに手当てとか、してな……」
「あ？」
「何でもないです！」
どうしていつも睨まれるんだろう。
眉間の縦ジワが刻まれたまま、消えなくなっちゃうんじゃないの？
「お前、まさか俺の名前も知らねーのか」
「し、知ってる……ます」
……噛んだ。
「言ってみろよ」
「……綿貫くん」
「下は」
「ジャ……、っ！」
またジャイアンって言いかけた。危ない。
言ってしまったら、どうなっただろう。想像もしたくない。
「……武くん」
そういえば、真幸くんとも似たようなやりとりをした。

184　ひみつごと。上

あれから、下の名前で呼ぶことを喜んでくれて……。
すごく可愛い笑顔だった。
「…………」
「…………」
この沈黙は、何?
綿貫くんは、眉間に寄せるシワを深くして黙っている。……どんな表情?
名前、間違った? "武"じゃなかったっけ? ジャイアンと同じ名前だから、間違えようがないと思ったのだけど。
あれ? ジャイアンの名前って、"武"だよね?
自信が無くなってきて、恐る恐る口を開く。
「え……と、違い……ましたか?」
すると、
「違ってねーよ! タコ!」
正解だったのに、怒られた。
突然の大声に、耳を塞ぐ暇もなくて、鼓膜にダイレクトに届いたからキーンと響く。
驚いたけど怖くないのは、耳まで真っ赤だったから。この人は、たまにこんなふうに赤くなる。
「おらっ、膝出せ」
チンピラみたい。
何か言うと10倍くらいにして返されるから、黙って座っていることにした。
消毒液が染み込んだコットンと、跪くような形で立っている綿貫くんの顔が膝に近づく。
「っ!」
近い!

「や、やっぱりいい！　ひとりで出来るから！」
「はぁ？」
いくら手当てだって言っても、男子に膝を凝視は、ちょっと……！
膝っていうか、太ももとか、この距離だと太さがバレるっていうか、立っているときならまだ見れなくもないけど、座っているときの太ももは太いっていうか……、……自分でも何が言いたいのやら。
「とにかく、本当に大丈夫なの！」
「何がだよ。ヒメのくせに生意気」
「！」
また、それ。
上から目線だし。
姫って呼ばないで、って言ったのに。
自分は、あたしに本名言わせたくせに。
「姫って……呼ばないで」
「なんで」
なんでって！
この人相手に何かを言うのはやっぱり怖いけど、面と向かって不本意な呼び名で呼ばれることは、誰が相手でも嫌なことだから。
10倍にして返されることなんて、もう頭から消えていた。
「それ、あたしの名前じゃない……」
これを言って泣きわめいたことは、ちょっとトラウマだから、思い出すと嫌な気持ちがよみがえる。
手当てをするために膝をついていた綿貫くんが、顔を上げる。
それは、ちょうどあたしの目線。

「名前だろ、お前の」
今までじっくり見ようとは思わなかった瞳は、吸い込まれそうなくらいの黒。

「"緋芽"」

いまいち状況を把握出来なくて、何も言えずに目を見開いた。
「っ痛……！」
「我慢しとけ」
気付いたら始まっていた手当てに、痛みで顔が歪む。
"ヒメ"は、あたしの名前？
……"緋芽"？
"姫"じゃないの？　ずっと、名前で呼んでたの？
「っ……！」
自覚したら顔が熱くなった。
なに？　どういうこと？　何で？
だって、あたしよりも仲が良いあやめのことは名字で呼んでた。
この人、初対面の頃からずっとあたしを呼び捨てにしてたの？
おかしくない？
なんか、もう……、それじゃ何だか、綿貫くんはあたしのことを……。
熱い。顔も、頭も、全身が。
クラクラする……みたい。
あ、そっか。だから、転んだあとに立てなかったんだ。熱があるからなんだ。
絆創膏を包む紙を剥がす音がして、両膝にペタペタ貼られた。
「出来たぞ」

187

「……ありがとう。あたしはちょっと休んでくので……」
「ふん」
そんな不機嫌っぽい仕草も、慣れた。
綿貫くんは、保健室を出ていくときに一度振り返って、
「ちゃんと考えろよ」
……なにを？
聞く前に、姿を消した。

「…………」
勝手にベッド借りちゃっていいかな……。
いつもの窓際のベッドのカーテンを閉める。
下手したら、自分の家のベッドよりも、保健室のベッドにいる時間の方が長いんじゃないかなんて思ってしまう。
だから、"保健室の眠り姫"とか"白雪姫"とか言われちゃうんだ。
ああ、でも、綿貫くんは違うんだっけ。ずっと"姫"って呼ばれてるんだと思っていたのに。
"緋芽"って、呼んでいたんだ……。
「う……」
また熱くなってきた。
熱がある。すごく、熱があるらしい。
ガバッと布団をかぶる。
早く治そう。収まれ、胸の音。
「好き」って言われたわけでもあるまいし。

遠くの方が騒めきだして、目を覚ました。
眠ってたんだ。

188　ひみつごと。上

今何時だろう？
起き上がって、ベッドから下りて、カーテンを開けた。椅子に座った深沢先生と目が合う。
「中倉さん、大丈夫？　はい、これ」
「ありがとうございます」
先生が来たことにも気付かなかったなんて、大分深い眠りだったみたい……。
受け取った体温計を、襟の中に滑り込ませて、脇に挟む。
「すいません、ベッド勝手に借りちゃった……」
「いいのよ。サボりの生徒だったら、蹴りだして追い出してるけどね。中倉さんなら、それはないだろうし」
保健室の先生の口から、「蹴りだす」なんて言葉を聞けるとは。
「あたしがサボるって、ありえない？」
「あら、だって中倉さんは、本当は授業に出たいでしょ？」
至極当然のことのように言われ、分かってくれていたことに嬉しくなる。
「さすが先生」
「まかせなさい」
ピシッとこちらにピースを向ける先生は、同年代に見えて、なんだか可愛い。
綿貫くんには、真幸くんを見たいがためのサボりだって言われたことがある。改めて考えても、あの人、苦手。
苦手……なんだけどな。
服の中からピピッと電子音が漏れた。体温計の音。
先生に渡す。
「37度……7かぁ。ちょっと高めね。どうする？　帰るなら、送っていくけど」

寝て起きたばかりって、熱は少し下がるはずだから、このまま居たらもっと上がるってことか……。
「そういえば、今って何時……」
保健室の壁掛け時計を見ると、午後4時過ぎ。
寝ている間に、放課後になってたのか。
グラウンドには、野球部。あたしが目を覚ました騒めきは、彼らの声だったらしい。
「あの……、真幸くん、ここに来たりとかは……？」
「ううん、来てないけど」
先生が首を横に振る。
いつもなら、部活が始まる前に保健室に顔を出す彼の笑顔は、今日はとても遠い。
「先生」
「なに？」
「もう少し……、休ませてもらっていい？」
先生は、嫌な表情をひとつも見せず、静かに笑った。
「いいわよ。またベッド使っていいから」
「ありがとうございます……」
待っててどうにかなる保証なんてないのに。体調を悪くするだけかもしれないのに。
ただ、一目でも会いたいと思った。

ベッドに体を預ける。
どうして具合が悪い日って、体重が急激に増えたような気持ちになってしまうんだろう。
重い……、だるい……。
窓は開いていないけど、声が聞こえる。

他の人の声より、どうしても彼の声を拾い集めてしまう。
誰かの声と混じっていても、どうしたって分かる。
聞いていると悲しくて、切なくて、耳を塞ぎたくなるのに、聞けなくなると聞きたくなる。
目は、両目とも0.7。決して良い方だとは言い難いのに、真幸くんのことなら人ごみの中だってすぐ見つける自信がある。
見ることが辛くても、見つけずにはいられない。
自分の体なのに、コントロール出来ないなんて。
横になっていると、人が横向きになって見える。こういう格好でテレビを観ると目に悪いって、何かで読んだことがある。グラウンドでも同じかな？
どうでもいいことを考える。じっとしていると、真幸くんのことばかり考えてしまうから。
目を開けているだけなのに、まぶたの奥が痛くて重い。
掛け布団、暑い……。
とうとう目を開けているのが辛くなってしまって、まぶたを下ろした。
眠くはないから、目を閉じて静かに音を聞く。
まぶたの裏が赤い。
声が、聞こえる……。

ホイッスルの音が鳴り響く。
野球部は、5分間の休憩時間に入った。
真幸くんは、……多分来ない。
昼休みのことだけだったら、あたしのことに気付かなかったのかもしれないと思うことも出来たけど、……もう決定打。
真幸くんは、あたしに会いたくないんだ……。

寝返りをうって、グラウンドに背を向けた。
目を開けたときに、あたしから目をそらす彼を見たくないから……。
ギューッと、まぶたに光が見えなくなるくらいに目を閉じる。
すると、タッタッと、地面を蹴る靴音が聞こえて、ばちっと目を開けた。
靴と砂がこすれる音。聞き覚えがある、これは……。
「おやぁ？」
カーテンの向こう側から、深沢先生ののんびり声。
そして、窓がサッシを滑る音。
ここからは、窓の向こう側の人物の正体は分からない。
心臓の音って、秒針より速くなれるんだ……。
ドッ、ドッ、と、誰かに胸をすごい勢いでノックされているような気分。
「たーちゃん、どうしたの？」
……たー……ちゃん？
先生の呼び掛けで、そこにいる人の姿を知る。
「あの、いい加減、その"たーちゃん"ってやめてくれませんか」
低いトーン。あたし以外にはゆっくりになる、独特の口調。
「可愛いじゃない、ナイスなあだ名よね。ミスマッチすぎて、逆に合ってるわよ」
「意味分かんないっすよ」
先生と綿貫くんが話している。
すぐ傍で行われている会話なのに、このカーテンの中だけ違う場所にあるみたい。
本当に……、真幸くんはもう来ないんだ……。

「あっ、こら！　土足禁止！」
先生の怒鳴り声。
多分、綿貫くんが窓から中に入ってきた。
「あの……、あいつ、ここですか？」
「誰？」
「……緋芽」
見えないけど、カーテンを指差された気がして、布団をかぶって急いで寝るふりをした。
今の"ヒメ"って、あたしの名前？　あだ名じゃなくて？
綿貫くんに呼ばれると、嫌な気持ちにしかならなくて、何度も「呼ばないで」って思って、……思っていたのに。
布団の中で丸まる。
「そうよ、そこにいるの、中倉さん」
先生があっさりあたしの存在をバラした。
「ふーん……」
カーテンが微かに揺れ動く。
布団から目だけを出して、見てみる。すぐ傍に、人影。くっきりと浮かび上がるシルエットは、長身。
すぐそこに、いる……？
開けちゃ、ダメ。やだ……！
「おーい、たーちゃんよ。そこ開けたら、蹴り出すから」
「あっ、開けないっすよ！」
「当たり前よ。女の子の寝顔は、気軽に見れるもんじゃないのよ」
先生の声に、救われた。
人影が小さく、薄くなっていく。
はぁー、と、大きく息を吐いた。

真幸くんだったら、先生の警告なんか聞かない。お構いなしに開けて、びっくりしているあたしを「先輩」って呼んで、白い歯を見せて笑って、お日さまの香りをまとって近づいてくる。
今でも……、同じことをするだろうか。

　　　　　　　　＊

「げほっ！　げほっ……」
「ちょっと、大丈夫ー？」
蛇口から出る水を口に含んで、真幸は盛大にむせた。
素直に胃だけに行かず、気管に水が侵入してしまったせいだった。
明日奈は真幸の背中を撫でて、落ち着かせようとする。だけど、背中を撫でられるほうが実は苦しさが増す、という言葉を、真幸は口にすることが出来ない。
「はぁ……」
やっと落ち着き、真幸はホッと息を吐いた。
そして、水を飲んでいる最中に目撃してしまったものにもう一度目をやった。むせた原因は、あれかもしれない。
綿貫が、保健室の窓から校舎に入り込んでいる。
少し前まで、あれは自分の場所だった。自分だけに許された、特権だった。
彼女にとっては、違ったかもしれないけれど。そう思ってはいなかったかもしれないけれど。
肝心の彼女の姿は見えない。
窓際のベッドに、誰かが寝ている。
あれ……なのだろうか。

また具合が悪いのか。放課後なんだから、家に帰って休んだほうが、体のためなのに。
「誰を……待ってるんですか？」
ボソッと呟(つぶや)く。
それを聞いた明日奈が、ムッと頬を膨らましたことに、真幸は気付かない。
「!?」
柔らかいものが目の前を隠して、視界がゼロになった。
「気持ちいいー？　洗いたてのタオルっ」
明日奈が後ろからタオルで目隠しをしたせいだった。
清涼感のある、石けんの匂いがする。
「もー、首とか服とかびしょびしょ。拭(ふ)きなよ」
明日奈に言われて気付く。咳込(せきこ)んだときに、蛇口から跳(は)ねた水で、胸の辺りがだらだらに濡れていた。
「サンキュ」
「本当に、真幸はしょうがないんだから」
眩(まぶ)しい笑顔にドキッとして、同時に少しの罪悪感。
その罪悪感は、誰に対してのものなのか……。
「マネージャー、俺にもタオルー！」
「はーいっ！」
蛇口を使っている仲間に呼ばれ、明日奈はパタパタ走りながらタオルを取りに行った。

*

再びホイッスルが鳴って、綿貫くんは去っていったらしい。
真幸くんは、最後まで姿を見せることはなかった。

嫌われてる？　どうして？
それとも、本当にあたしのことに飽きちゃったの？
物珍しくて、それだけだったのかな……。
――『早く好きになってくださいね』
そんなこと……言わないでよ。
あたしだって、真幸くんに好きになってほしかった。
好きに……なってほしい。
今すぐ窓から飛び出して、走って傍に行けたらいいのに。
体が重くて、寝返りをうつことさえ辛い。

寝て、起きて、浅い眠りを繰り返しているうちに、いつの間にか外は薄暗くなっていた。
保健室の中がずっと明るいから、気付いた時にはそのギャップに驚いた。
グラウンドには、たった４人程度。
「！」
――真幸くん！
ガバッと起き上がり、ベッドから下りようとしたら、
「っあ！」
２本足で立つことを忘れたかのような感覚に、ベタっと床に転んでしまった。
体育の時に打った膝がまた痛む。
「いた……」
ふらふら危なっかしい足取りでカーテンを開ける。
先生も、誰も居ない。
グラウンドにいるのは、真幸くんじゃない。
ここにいるのも、あたしひとり。

部活が終わってから、どれだけ経ったんだろう。
……帰っちゃった?
「痛い……」
落ちた時の衝撃で、右膝の絆創膏が破れてしまった。
あれ? あたし……何のためにここに居るんだっけ……。
痛くて。痛いから……、泣きそう。
はぁ、と深いため息をつく。
ポタッと雫がひとつ床に落ちた。
頭がクラクラする。
「っ……」
会いたい。
今すぐ、会いにいきたい。
ふらつきながら、一歩一歩足を進める。
目指す先は、保健室の外。
真幸くんは、いつも会いに来てくれた。
だったら、あたしも……行かなくちゃ。
今度は、あたしから……。

ドアノブに触れる。力をこめようとしたら、
「……?」
バタバタと、忙しない靴音が近づいてきて、手を止めた。
この、音は……──
期待してはいけないと思っているのに、目を離せない。
バンッ!と、弾くように引き戸が開いたから、反射的に手を退いた。
そこには……、
「先輩」

「……真幸く──」
目が姿を捕らえたと思ったら、すぐに消えた。
……違う。近づきすぎているから、見えないだけ。
抱き締められて、身動きがとれない。
力が抜けて、抱き合ったままふたりで床に落ちてしまった。
走ってきたからだろうか。首の後ろで、荒い息づかい。
「真幸……くん」
床が、ひんやり冷たい。だから、余計に真幸くんの体が熱く感じる。
「迷惑だったら……言ってください」
「迷惑……？」
そう思っているのは、真幸くんのほうだったんじゃないの？
と、いうか……、あれ？
あたし、今……。
……何されてるんだろう。
何だかすごく苦しくて、すごく熱い。
会いに行くつもりだったのに。
そこに。ここに……いる。
「……逃げないんですか？」
「ど……して？」
君は、ずっと会いたいと思っていた張本人なのに。
真幸くんの吐息が、髪の毛を揺らす。
手持ちぶさたなあたしの両手が、行き場に戸惑う。
……抱きしめ返したら、どんな顔をするだろう。
「緋芽先輩は、俺に会いたくないんだと思ってた」
「え……」
それは、あたしのセリフなのに。

真幸くんこそ、あたしと会いたくないから、顔を見せなかったんじゃないの？　目が合っても、わざとそらしてたんじゃないの？
どうしよう、胸が苦しい。抱き締められているせいだけじゃ……ない。
「なのに、前も、さっきも、いつも。……先輩が見てるのは、俺でしょ？」
頭の中がぐるぐるして、今置かれている状況が時々途切れる。
「会いたくないのに、見るのはどうしてですか」
真幸くんは、抱きしめる力を緩め、あたしの目を正面から見た。
「なんの……話？」
「武さんに、言われました」
……綿貫くんに？
真幸くんに避けられはじめたときまで巻き戻す。
家で休んでいて、綿貫くんが訪れて。それで……、
——『会いに来てほしいとか思ってたりして』
——『お、思ってない……』
それは、綿貫くんに心の内を知られたくなくて、とっさについた嘘。
「あっ……！」
「本当に言ったんですね……」
「！」
１文字だけで、伝わってしまったらしい。
ずっと座っていた床の冷たさは、すっかり体温と混じってしまった。
「違っ、あの、それはそうじゃなくて」
肯定してしまった後では、何を言っても遅いような気がする。

分かってほしくて、また会えなくなるのが怖くて、必死に考える。
どう言えばいい？　どんな言葉なら、伝わる？
あたしは、それを知らないの？　本当に？
「違う、あたし……、あたしは……」
やだ。もう離れていかないで。
強い力で抱き締められていたのはあたしだったはずなのに、今では彼の腕をつかんで離さないのはあたしの方。
　"答え"は、これ。
「会いたい……」
何度も思った。
声に出さないから誰も知らない気持ちだけれど、本当はずっと叫んでた。
「会いたいの……。あたしは、いつでも真幸くんに会いたかった……」
口に出すのは、思った以上にとても恥ずかしい。
羞恥なんて、感じている場合じゃない。
きっと、今しか言えない。今しか、言う機会はない。
だって、もう……遅すぎるくらいなんだから。
涙が止まらない。恥ずかしいから？　分からない。
「顔……、見たかった。傍に行きたかった……。も……、離れたくな——、っ……ん」
大きな手が、口を塞ぐ。
いきなり呼吸が止まって、苦しい。
「先輩……、限界」
こつんと、額と額がぶつかる。
真幸くんの顔が赤い。何かを我慢しているような表情。

「強引なこと……していいですか？」

口を塞ぐ手が離れたと思ったら、一呼吸も出来ないまま、また塞がれた。
あたしの唇に当たるのは、彼のそれ。
「んっ……、ん……！」
突然のことにどうしていいか分からず戸惑う手を、強い力で握られて、身動きがとれない。
苦しくて、熱くて、……柔らかい。
「っは……、ん……ぅ」
一度唇が離れて、冷たい空気が喉を撫でた瞬間、また角度を変えて襲った。
まつ毛が、まぶたを撫でてくすぐったい。
こんなに近い場所に……、あるなんて。
「んん……、ふぁ……っ、や……」
力が入らないのは、熱があるせいだけじゃない。
どうしよう、なんか……分からない。
キス……してるの？
真幸くんと？　誰が？
「っ……ん」
あたしが……？
「っ……、は……ぁ」
お互いの間に少しの距離が出来た。
真幸くんは真っすぐこちらを見るけれど、あたしはボーッとして焦点が合わない。
「今……」

理由を聞こうと口を開いたとき、保健室に近づいてくる靴音に、
「あっ……！」
真幸くんが俊敏に立ち上がり、あたしの腕を持ち上げた。
「先輩、こっち」
「っ!?」
先ほどまで眠っていたベッドまで手を引かれる。
力が抜けた足取りで、一度転びそうになりながら、引かれるままに半ば強引に歩かされた。
ベッドにたどり着き、カーテンを閉め終わるのと保健室の扉が開くのはほぼ同時だった。
正直、この状況が把握出来ない。
キスをされたと思ったんだけど……。
今は、なぜかふたりでベッドの上。しかも、向かい合って、寝転がって……？
「ま……」
「しっ」
名前を呼ぼうと思ったら、唇に人差し指を当てられ、静止させられた。
真幸くんは、あたしよりもカーテンの向こう側の人物を気にしている様子。
何でそんなに余裕なんだろう。
あたしは、頭の後ろに回る手と、吐息も混ざるほどの距離感に、心臓が爆発してしまいそうなのに。
唇に、まだ感触が残っている。
「あれ？　先生……、いない」
薄い布ごしにいる人物の正体は、深沢先生じゃない。
男子の……声？

聞き覚えがある低い声。
頭で考えるより先に、体が真っ先に反応して、固まる。
綿貫くんだ。
真幸くんに、わざわざ「会いたくない」なんて言ったのは、どういうつもり？
最近、本当によく保健室に来る。
……違う。保健室じゃなくて、……あたしのいるところに……来る。
真幸くんとふたりで、ベッドに隠れているところなんて見られたら、どんなことを言われるだろう。
ここは、学校。
真幸くんの制服のシャツを握りしめる。
シワになってしまう。ごめんなさい。でも、……離せない。
靴が、床をこする音が聞こえる。
キュ、キュ。
近づいてくる。
ためらうように、小さく息と声を漏らし、
「緋芽」
名前を呼んだ。
保健室に来たのに、用があるのは深沢先生じゃなく、あたし？
ううん、本当は分かっていた。綿貫くんは、いつもあたしに会いに来ているのかもしれない。
「寝てる……よな？」
ビクッと肩が震える。
さすがに、真幸くんまでいることは予測していないだろう。
何だか居心地が悪くて、少し身をよじる。
「！」

203

こつんと、硬い感触。上履き同士が当たった。
そうだ、靴を履いたまま。シーツを汚したら、深沢先生に怒られるかも……。
いきなり前髪を撫でられ、驚いて顔を見合わせる。
唇を薄く開いていて、表情が読めない。ただ、あたしを見つめているだけ。
今すぐ目をそらしたくなって、でもそれが出来ない。
この唇が、あたしの唇に……。
「あのさ、寝てるならそれでいいんだけど……」
寝ているであろうあたしを気づかってか、綿貫くんの声は大分トーンが落ちている。
手が前髪から滑るように後頭部に移動して、引き寄せられた。
感じる予感に、両手を前に出す。
「っあ……」
その手を大きな片手で封じられ、近づく顔は微笑を浮かべている。
「っ！　……ん……」
唇が重なる。
「緋芽？　起きたのか？」
漏らした声は、綿貫くんにまで聞こえてしまったらしい。
こんなところを見られたら……。
やめさせようと思っても、力が足りない。
「は……、ふぁ……っ」
酸素が足りない。
唇と唇が触れ合う音が、脳みそに直接繋がっているみたい。
「緋芽？」
綿貫くんには、聞こえないのだろうか。

「……寝言か」
こんな熱く、甘美な寝言なんて、知らない。
手を捕まえなくても、頭を引き寄せなくても、……もう逃げられない。
夕方になっても、夏の空気は熱が引かない。なのに、不定期に流れ込んでくる外気が冷たく感じるなんて。
「……っ、ん……」
目を開いていると、すぐそこに真幸くんの顔があって、恥ずかしくなって閉じる。
「ん……、ぅ……っ」
目を閉じると、どこまで行くのか分からなくて怖い。
汗で、セーラー服の中のキャミソールが背中に貼りつく。手のひらにも汗がにじんで、滑る。
一番熱いのは、唇。
「……お前のせいだからな」
なにが……？ あたし、綿貫くんに何かした？ 何かされ続けてきたのは、あたしの方でしょ。
そんなことを言いたくて、わざわざ来たの？
「は……ぁ」
長い口づけが終わって、耳にキスを落とされる。
「んん……っ！」
耳が、音よりも先に吐息を感じる。唇よりももっと、大きく聞こえる。
「お前がいつもいつも見てるから」
綿貫くんが、何か言ってる。真幸くんの息づかいで、よく聞こえない。
「そっち見ちゃだめ。俺だけ見てください」

205

真幸くんが発したそれは、"声"じゃなく、ほとんど"息"。
「ひあ……っ!?」
「先輩、黙って」
「あ……」
「バレちゃってもいいんですか？」
「っ……!!」
綿貫くん、言いたいことがあるなら、後で聞くから……。
早く行ってくれないと、変な声が、出……──！
これは、いったい何がどうなってこんなことに!?
「ふぇ……」
手を離してくれないと、口を押さえることも出来ない。されるがまま。
「なぁ、寝てんだよな？」
綿貫くんが、また確認をしてきた。
まさか、声漏れてる？
やばいよ、こんなの。
「ま、真幸く……」
蚊の鳴くような声を、必死で出す。
あたしの顔はもう涙でぐちゃぐちゃ。
真幸くんは、あたしの目の下に軽くキスをして、面白がるような笑顔をつくった。
「やだ。我慢してください」
「!!」
耳にすごく近づいて、鼓膜に直接響く。
絶対、わざとだ。
何でこんなに慣れてるの？　年下なのに……。
「起きてても、寝たふりしてろよ。今から喋(しゃべ)ること、聞くな

よ」
綿貫くん、なんて無茶な。
聞かない。……聞かないから、お願いだから、ここから離れてほしい。
ふたりきりでベッドにいることでさえ、胸が騒いで仕方ないのに。
なんか、すごい……いっぱいキスされてる。あたし、初めてなのに。
無理矢理に若葉マークを引き剥がされてる気分。
そんなあたしの気も知らず、綿貫くんは用件を話しだした。しかも、聞いてはいけないらしい。
「お前が、結構前からグラウンド見てたの、知ってた」
……え?
主語があるようでないような言葉に、まず何のことを言っているのか理解しがたかった。
もしかしてそれは、あたしが保健室の窓から部活を見ていたことを言っているのだろうか。
長身のシルエットが、手を後頭部に持っていく。仕草から、頭を掻いていることが予測できた。
「……っ」
真幸くんに抱き寄せられ、一瞬、呼吸が止まった。
心臓の音が聞こえる。いつも余裕なのだと思っていたのに、案外脈が速い。それよりも、あたしの方がもっと速いことは考えるまでもないけれど。
「誰を見てたんだか知らねーけどな、」
真幸くんの腕の中で、綿貫くんの声がくぐもって届く。
「あんなもん……、大抵の男は、自分のこと見てんだって、最

低でも１回は勘違いすんだよ、アホ」
寝ているであろう人間に対して、アホ呼ばわり。
「大抵の男」って、それは誰のことを言ってるの？　まさか……
……
「なんで……、久我のことばっかり見てんだよ」
やめて。その先は……。
抱き締められる力が強くなる。
転んで打った箇所が今さら痛む。
「だから、お前ムカつくんだよ」
この暴言は、真実じゃないと感じた。言葉の裏側を見てしまった気がした。
再び始まった靴音と共に、シルエットが薄くなる。

扉が開いて、保健室がシーンと静まり返る。
決定的な単語を言われたわけじゃない。いつもと同じくらい、聞き慣れない嫌な日本語を聞いた。……なのに。
「…………」
「…………」
抱き合った格好が解けない。
「あの……、真幸くん、行った……よ？」
「——え、……あ」
真幸くんは、ハッと気付いたように、あたしの体を離した。
ベッドの上に、起き上がる。
目線を落とすと、
「あ！」
いつの間にかめくれ上がっていたスカートが真っ先に目に入り、慌（あわ）てて整える。

208　ひみつごと。上

下着ギリギリ。危なかった。
太もも、真っ赤。
スカートをギュッとつかんでうつむいていると、
「何で隠しちゃうんですか？」
「え……、あ、わ……」
手の甲に、大きな手が重なった。あたしの手を覆い隠して、指先が太ももに触れている。
「や、待っ、そんな……とこ」
こんなところ、他人が触るような場所じゃない。
真幸くんの雰囲気がいつもと違う。
口調は敬語だけど、ここにいるのは、……あたしの知ってる後輩じゃない。
「は、離……」
「ここ、どうしたんですか？」
次に、絆創膏が破れた膝に移動する。
爪が当たって、些細な刺激でも過敏になる。
「そこは、転んですりむいちゃって……。手当てしてもらったんだけど、もう1回転んだら破けて」
改めて思う。マヌケっぽい。
「手当て……、深沢先生？」
「う……ん」
本当は綿貫くんなのだけど、ここでその名前は隠したいと思ってしまった。
真幸くんが、片脚に付いている破れた絆創膏を剥がす。
結構しっかり貼りついていたらしく、絆創膏の形に赤く跡が残った。
「前に……、俺もこんな怪我したことありますよ」

「本当？　——ひゃ……!?」
絆創膏が取りのぞかれた部分に、フッと柔らかな息がかかった。
「その時は、深沢先生は、絆創膏じゃなくて薬をぬってくれましたけど」
「え……」
真幸くんの視線は、あたしの膝から、顔へ。
「……手当ては、誰が？」
にっこりと笑っている。……けど、笑ってない。
ギシッと音を立てて、ベッドがきしむ。
あたしは枕のある方へ後退りをして、真幸くんはベッドに手をついて近づく。
「誰？　先輩」
「綿貫くん……」
「ふーん……」
下がりすぎて、この狭いベッドではもう移動出来るスペースがない。
「何で嘘ついたんですか？　俺に隠さなきゃいけないことでもしたんですか？　……武さんと」
「し、してないよ！　何も——」
ピタッと、頬が手のひらに包まれる。
「こっち見てください。ちゃんと」
息を飲む。
胸が苦しい。
真幸くんは、怒ってる。でも、それが……嬉しい。
「最近、先輩は武さんとばっかりいる」
それは、やきもち……でしょ？
「そんな、別に……」

「うそつき」
「あ……──⁉」
両肩をつかまれ、下に倒される。頭の下には、ちょうど枕が。目の前には、天井の蛍光灯を遮って、真幸くんの顔がある。逆光で、輪郭だけを薄く照らして、全体的に暗く映る。
まだ剝がしていない絆創膏のはじっこに爪が立てられ、膝がピリッと小さく悲鳴を上げる。
「っ……痛……」
「いりませんよね、こんなの」
「っん……！」
絆創膏に守られていた部分が、外気に晒されて、風もないのに、すーっと冷たくなった。
「武さんは、どこに触ったんですか？」
「ひえっ⁉　や……っ、真幸く……っ！」
スカートをずらして、太ももの裏側に手が入り込む。
「ここ？」
「あっ……、そんなとこ、触られてな……っいぃ」
くすぐったいような、むず痒いような感じで、背筋にぞわぞわくる。
これは、なんか、やばいような……。
本当に、なにがどうなって、こうなってるの？
「じゃあ、ここ？」
「っ……ん」
親指が、唇に触れる。
口を開くと、指が中に侵入してしまいそうで、唇をキュッと結んで首を左右に振る。
脚がスースーするから、もう絶対にスカートがめくれあがって

下着見えてるし、セーラー服もいつの間にか上がってへそが姿を現してるし。
くびれのところに、直接手が触れる。初めての感覚に、ビクッと体が跳ねた。
「まっ、まさ……、真幸くん！」
これ以上は、ダメ！
布団の上で足をバタバタする。細かいほこりが舞い上がって、蛍光灯がそれをキラキラと照らした。
どかそうと思って両手を突き出して力をこめてみても、びくともしない。
「っ……くしゅん！」
廊下側から突如聞こえた誰かのくしゃみをきっかけに、真幸くんはピタッと止まった。
「もー、夏風邪かな」
そのひとりごとと共に、扉が開いた。
「……残念」
真幸くんはペロッと舌を出して、あたしのセーラー服の裾を整えはじめた。
「こらー！」
「きゃあっ!?」
深沢先生が勢いよくカーテンを開けたから、あたしは思わず叫んでしまった。真幸くんは、平常心。
「保健室をなんだと思ってんの！」
「何でバレました？」
「影が映ってたっつーの！」
第三者の登場に安心して、でも恥ずかしくて、ふたりのやり取りの隙に複雑な気持ちでスカートを直した。

212　ひみつごと。上

綿貫くんのときは、ふたりで重なって寝ている形になっていたから、影ではバレてない……はず。と、思いたい。
「冗談ですよ。本気でするわけないじゃないですか」
「していい冗談ってもんがあるだろがい！　うらっ！」
「いっ！」
ゴン！と、石を殴ったような音の後に、真幸くんが涙目でうずくまった。
「くーがーくーん？　あんた、本当に大概にしなさいよー？」
「ああー！　へんへー、ろえふー！」
先生が、真幸くんの頬をギューッと両手で伸ばす。真幸くんは、どうやら「先生、ドＳ」と、言いたいらしい。
「はい、そして下りなさい。泣いてる女の子にいつまで乗ってるのかな？」
「いててっ。耳取れる！」
「ボンドでくっつけてあげるわよ」
怖い。
先生は真幸くんの耳を引っ張って、ベッドから引きずり下ろした。
「本当に冗談だったんでしょうね？」
先生が、真幸くんの胸ぐらをつかむ。本当に、男らしい。
「うっわ、先生ひどい。無理矢理じゃないもん」
「もん」って。……可愛いけど。
「だって、先輩嫌がってなかったし」
ゴンッ。
石を殴ったような音がもう一度。
「中倉さん、嫌なものは嫌って言わなきゃ。したらダメなんて言わないけどね、こういうのはその場の勢いだけでするもん

じゃないのよ」
かしこまって言われると、とても恥ずかしい。
先生が来なかったら、どうなってたんだろうって思う。
「冗談」だから、先生は関係なしに、どっちにしろ途中で終わってたのかな。冗談……なんだもんね。
戸惑っていたのは、あたしだけ？
「だから、嫌がってなかったってば」
「黙りなさい、エロガキ」
石を殴る音、３回目。
保健室なのに、ここで怪我人が増えてしまいそう。
「ほらほら、ふたりとも何時だと思ってるの？　いつまでも学校に残ってないの」
気を取り直した先生が、パンパンと手を叩いた。
重い体を持ち上げて、ベッドから下りる。
「あっ」
忘れてた。膝やら腕やら、体中が痛いんだった。加えて、微熱。
上手く２本足で立てなくて、ふらついてしまい、とっさに真幸くんが抱きとめてくれた。
「大丈夫ですか？」
「あ、ありがとう……」
胸が広い。当たり前だけど、女の子とは違う。
柔らかくないし、平ったいし、硬いところばかりだし。あ……、でも、唇は柔らかかった……。
思い出したら、頭の中でボンッと爆発音が鳴った。
お、お、思い出すな、思い出すな、思い出すなってば！
「ぎゅー」
「ひやっ!?」

214　ひみつごと。上

腕で支えてくれていただけのはずが、力が強くなった。意識している最中の胸元に、顔が押しつけられる。
「久我っ！」
平手で真幸くんを叩きながら、先生はとうとう名前に敬称を付けるのをやめた。
先生が入ってきてからの真幸くんは、すっかり元通り。
「冗談」って言われて、落ち込んだくせに、……本当は安心してる。さっきは、ちょっと怖かったから。
先生は、真幸くんの首根っこをつかんで、あたしから引き剥がす。
「出入り禁止になりたい？」
「まさか。だから、保健室出てからにする」
「……久我」
先生は盛大にため息をついて、腕組みをした。
「あんたと一緒に帰すの、不安で仕方ないんだけど」
と、真幸くんを睨んで言い、
「中倉さん、熱もあることだし、また先生の車に乗ってく？」
あたしに気の毒そうな微笑みを向けた。
「えーと……」
確かに、ふらふらするし、先生の心づかいはありがたい。
チラッと真幸くんを見て、手を伸ばして、制服の裾をつまんだ。
「あたし……、真幸くんと帰ります」
まだ、傍にいたいから。
「そう、分かった。あ、でも」
「？」
先生に手招きをされ、傍に行く。
「人間の急所、教えてあげる」

215

「…………」
深沢先生は、本当に保健の先生ですよね？
「生徒を信用しない先生って、どうかと思いまーす」
と、真幸くんの抗議に、
「信用したくなる行動で示してから出直しな」
……かっこいい。
「わー、先生かっこいーい。男前ー！」
あたしの心を代弁するように、もうひとり訪問者が増えた。
内山くんが、自販機の缶をふたつ腕に抱えて拍手している。
「内山くん」
「あ、緋芽ちゃん、元気ー？」
内山くんの笑顔って、本当に癒やし系。
「ちょっと、あなたまだ残ってたの？」
先生が腰に手を当てて呆れ顔。
「お菓子食べに来ましたーっ。今まで遊んでたんじゃないよー？ ちゃんと勉強してたんだよ」
「勉強？ 内山くんが？」
「うん。英語の補習っ」
内山くんが、先生に胸を張ってみせる。
「……なんで威張ってんの？」
先生ががくっと肩を落とす。
そんな会話が楽しくて、つい笑ってしまう。
そちらに気を取られていたから、真幸くんがムッとしたことには気付かなかった。
「緋芽先輩、帰ろ」
「！ あっ、……うん」
ごく自然に手を握られ、先生と内山くんに礼をして、

216 ひみつごと。上

「暗くなってきたから、気をつけてね」
「ばいばーい！」
ふたりの見送りの言葉を聞きながら、保健室を出た。

　　　　　　　　　　＊

「なんだ、ちゃんと仲いいのね。心配しちゃった」
緋芽と真幸を見送った後で、深沢先生はホッと言葉を漏（も）らした。
「緋芽ちゃんと、えーと、あれ誰？」
颯太は、いつも先生がお菓子を隠している場所に行き、勝手に袋を取り出した。ふたりにとっては、これがほぼ日常化しつつある。
「このドーナツおいしそー」
「あー、それ１個しかないから、半分こよ」
「はーい」
颯太が、机の上にお菓子の入った袋を置いた。
「１年生？　俺よりおっきいよねー」
「あら、内山くんだって、まだ伸びるわよ。あなたたちは、今が育ち盛りなんだから」
「あはっ、先生好きー」
「はは、ありがとさん」
感情のこもっていない感謝の言葉を聞きながら颯太がドーナツを割り、若干（じゃっかん）大きい方を先生に渡した。
「あのふたり、ケンカしてたの？」
「中倉さんと久我くん？　ケンカってわけじゃないと思うんだけどね、前に中倉さんが泣いてたことがあって」
「えー、あの久我くん？っていうの？が、泣かしたの？」

先生は、ドーナツを一口。
「んー、これ美味(おい)しいわね」
「ねー。もっかい買ってきてー」
「こら、先生の安月給なめんじゃないわよ。んー？　久我くんが泣かしたっていうか……、たーちゃんも一緒にいたかな」
「たーちゃん？　なんでたーちゃん？」
颯太は目をぱちくりさせ、口に入りそこなったドーナツのかけらをひとつこぼした。
「さぁ？　最近、来るわよ。いつも中倉さんのこと気にしてる感じなのよね」
先生は、颯太にポケットティッシュを投げ渡した。
「ありがとー」
颯太はティッシュを1枚引き出し、机の上に敷いた。
「そういえば、こないだも部活中に保健室にいたもんねー。緋芽ちゃん怖がってたけど。たーちゃんが女の子を？　へぇー」
颯太は、ドーナツを平らげて、手をパンパンと払う。そして、次のお菓子の袋に手を出した。
クラッカーの袋を開けたいけど、手が滑って開けられない。
「貸しなさい。で、それって珍しいの？」
それを先生が取り上げて、一発で開けた。
「力持ちだーっ。たーちゃんって、あんまり自分から女の子には話し掛けないんじゃないかなー。恥ずかしがり屋さんだからねー」
「ぷはっ」
最後の言葉がツボに入り、先生は吹いた。
「は、恥ずかしがり屋……、あはは！　あははは！」
「先生、笑いすぎだよー。むせるよ？」

「あはっ、あははっ、けほけほっ！」
「ほら、もう―」
颯太は、咳込みはじめた先生に、自分が持ってきたふたつの缶ジュースを差し出した。
「けほっ、……なに？　くれるの？」
「うん。いつもお菓子貰ってるから。どっちがいい？」
ひとつは、コーラ。もうひとつは、サイダー。
「いい子ね、内山くん」
先生がジーンと感激し、コーラを選んでプルタブに人差し指を掛けた。
「片方ね、思い切り振ったから、ロシアンルーレットなジュースだよー。どっちかな？」
「は――」
ぶしゅーっと、音にかき消される。
コーラの缶から中身が真上に向かって思い切り吹き出し、ふたりの頭上に降り注いだ。
「わぁっ、先生当たりだーっ。冷たいねー」
何が楽しいのか、颯太は笑ってはしゃぐ。
先生は、缶を持ったまま、放心状態。
その少し後に、缶を持つ手をプルプル震わせ、叫んだ。
「内山くん!!」

　　　　　　　　　　＊

「歩けますか？　大丈夫？」
「うん……」
体は重いけど、歩けないほどじゃない。

くしゃみも出ないし、咳も出ないけど、喉が痛い。軽い風邪かもしれない。
これくらいなら、1日寝れば明日も登校できると思う。
廊下で、横を歩く真幸くんを時折盗み見する。
手は、……まだ繋いでいる。すごく自然な流れで手を繋いでしまったから、離すタイミングが見つからなくて、このまま。
離さなくていいってことかな……。
離したくない。真幸くんも、そう思ってる？
キス……したよね。
唇が触れるだけが、キスじゃないんだ……。
話には聞いていたけど、他人事だと思うのと、実際に体験するのじゃ全然違う。……ハードすぎる。
あの時のことを聞きたいのに、こんな恥ずかしいことは言えない。

悶々と考えながら、もう靴箱。学年が違うから、当然場所も離れているわけで。
手を離さないと、靴は履けない。
離した後も、繋いでもいい？
「先輩」
呼ばれ、顔を上げる。
どうしても唇に目がいってしまう。
「自分から、俺のとこに来たんだから、……ちゃんと分かってるんですよね？」
「……え？」
そこで、手は離された。

靴を履いて、上履きを右手に持つ。
……「分かってるんですよね？」って、いうのは……？　保健室での、ベッドの……続き……とか？
変なことを想像してしまい、手が滑って、上履きをボトッと落としてしまった。
ほこりが舞い上がる。
あたしたち以外は誰もいないから、普段はさほど気にならない音も、よく響いた。
「どうかしたんですか？」
靴箱ごしに、こもって聞こえる。
「あっ、大丈夫……」
慌(あわ)てて拾って、今度こそ靴箱へ。
ひと足早く靴を履き終わった真幸くんが、来てくれた。
あたしも履いて、1歩を踏み出す。
「じゃ、行きましょ」
「……うん」
差し出してくれた手に触れた。

駐輪場に行き、もう残り少ない数の自転車のうち、ひとつを見つけだす。やっぱり、お兄さんの名前が書いてある。
荷台には……、
「座布団？」
以前は無かった、座布団が結び付けてあった。
一部ほつれていて、模様も何だか……フェルトが雑に縫い付けてあるような……。店に売っているものにしては、おかしい。
「あ、それ、中1の真幸くん作」
自分で「くん」付けた。……可愛い。

「手作り？」
「家庭科の授業のですよ」
「へぇ……」
だから、こんな。……不器用なんだ。
縫っているときの光景を想像して、口元がゆるむ。
「下手くそだからって、笑わないでくださいよ」
「ううん、違うの」
知らなかった一面を見ることが出来て、嬉しくて。
「見た目ひどいけど、座り心地は超いいから。今まで使ってなかったし、フカフカですよ。ほら、乗って」
真幸くんが、パンパンと座布団を叩く。
「えっと、じゃあ、……失礼します」
腰を落とす。
言ったとおり、フカフカ。ジャージに座らせてもらったときとは、全然違う。
「わ、気持ちいい」
「でしょー？　ジャージよりも、それのほうがいいと思ったんですよね」
これ、あたしのために考えてくれたの？　あたしのために、荷台に結び付けて？
……嬉しい。
胸の真ん中が、キューッと、しめつけられる。
「ちゃんとつかまっててくださーい？」
「うん……」
背中の方から腕を回そうとして、シャツに触れた瞬間、戸惑った。つまりは、後ろから抱きつくってことになるわけで。
思い出すのは、先生が来る前の保健室。窓際のベッド。

すごいことした……よね？
あの時は、ただ頭が真っ白で、必死で、自分の思考は二の次になっていたけど……。
唇が柔らかくて、大きな手が色んな箇所に体温を伝えて、それで……。
…………。
いっぱいいっぱいになっていたくせに、何でこんなにしっかり覚えてるの⁉
巻き戻ししないで！　再生しないで！
意識しすぎて、触れない。
こんな状態の今は、手を繋ぐことすら難しい。
どどどどうしよう……！　早くしないと、変に思われる。何事もなかったかのように、平常心を装わなくちゃ。
「先輩？」
真幸くんが、不思議そうに振り向く。
何事もなかったかのように……なんて、無理。
なかったことになんて出来ない。
あのドキドキは、本物。
「緋芽先輩……、ちゃんとつかまって。俺に」
胸が苦しい。酸素が薄い。
名前を呼ばれると、あたしだけを見てるって思うと、ふわふわ浮いたような気持ちになる。
真幸くんの周りって、宇宙みたい。
ごくっと飲み込み、そっと抱きつく。
心臓が飛び出しそうなくらい何度も跳ねて、真幸くんの背中に当たって自分の体を跳ね返しそうなくらい。
絶対……、バレてるだろうな。

「よ、よろしく……」
声が震える。情けない。
真幸くんは、しばらく動きだそうとはせず、止まっている。
「……？」
1ミリも動かない。まるで、彫刻みたい。
「真幸くん？」
「えっ、あ、はい。行きます」
ぐんっと、後ろに押されるように重力を感じて、車輪が回りだした。
「…………」
「…………」
会話はない。
勘違いだと思うけど、以前よりも道路を転がる速度が遅いように感じる。
……勘違いじゃないといいな。
道路がでこぼこで、その揺れが体に伝わってくる。
「わっ……！」
ぽんっ！と、飛び跳ねるような一際(ひときわ)大きな振動に、手が離れないようにもっとギュッと抱きつく。
すると、
「っ!?」
キキーッ！　と、甲高いブレーキ音を立てて、自転車が急停車した。
真幸くんの背中にドンッと顔をぶつけてしまう。
「え、どうかしたの？」
目の前を、猫が横切ったりでもしたのだろうか。
真幸くんは、こちらを振り向かず、

「……いえ」
彼らしくない堅い声で一言言うと、また自転車を走らせた。
なんか……無口？
そういえば、前に抱きついたときには「背中気持ちいい」とか言われたけど、さっきはそれがなかった。いや、毎回言うだろうなんて思っていないけど。
実は、２日休んでいる間は食欲がなくて体重が少し減ってしまった。お腹とか、その辺は全く変わらなかったのに、若干胸の肉付きが寂しくなった。
……胸から減るっていうのは、本当だったんだ。元々控えめだった胸が……。
まさか、それを気付かれたわけじゃ……ないよね？
急な坂道に差し掛かり、そのスピードが怖くて目を閉じる。
真幸くんは、何も言わない。前は、声を上げて楽しそうに笑っていたけど……。
この時、真幸くんの耳は赤くなっていたらしいのだけど、目を閉じていたあたしには見えなくて、ましてや、目を開けていても見えない表情は、分かるはずもなかった。
坂道が終わっても、やっぱり真幸くんは喋らない。
自転車の速度は、ゆったり。
あたしは、声をかけようと何度か口を開いて、思いつかなくて閉じた。
これが、他の人……、例えば綿貫くんだったとしたら、気まずくて仕方なかっただろう。真幸くんとは……、気まずいどころか、この時間を終わらせたくないと思ってる。

いくら速度がゆっくりだったとしても、遅かれ早かれ目的地は

やってくる。
もう、家……。
荷台から下りて、カゴに入れてもらっていたバッグを受け取る。
「ありがとう」
ここで、もう明日まで顔が見れないんだ……。
真幸くんは、自転車にまたがったまま、また走りだしていくのだろうと思っていたのに、
「──っ」
自転車から下りて、片腕であたしを引き寄せた。
突然のことに、目を見開く。
「先輩、帰っちゃうんですか？」
「あ……、わ……」
言葉が続かない。
顔に接している胸から、心音が聞こえる。
真幸くんの片手で支えられていた自転車が、ガシャンッと音を立ててアスファルトの地面に落ちた。
それは、あたしが両腕で抱きしめられているから。
落ちたときの衝撃で、車輪がカラカラと回る。
「こ、壊れ……」
「壊れないですよ。もしそうなっても、兄貴のだから別にいい」
違う。壊れそうなのは、自転車じゃない。
心臓……、壊れる。
ドキドキすることばかり連続で起こって、めまいがしそう。
今日の真幸くんは、やっぱりいつもと違う。
「……すごい心臓の音」
「！」

図星だから、体が強ばる。
真幸くんは、そっと体を離し、
「ごめんなさい。具合悪いんですよね。早く良くなってください」
笑って、自転車を起こした。
「じゃあ、俺帰ります」
「まっ……真幸くん！」
背中を見せられたとたん、いてもたってもいられなくて、頭で考えるよりも先に口が動いた。
「はい？」
「あ、あたし……、あたしは……」
さっきの勢いは、その場かぎりだったの？　大事なところを、怖じ気づくなんて。
「あの……、あたし……は、真幸くんを……」
あたし、今どこから声を出してるんだろう。発音って、どうやるの？
息苦しい。
——まだ帰らないで。
「先輩」
頬に触れる、指先。どうしてこんなに簡単に出来るの？
あたしだって、もっと近づきたい。
「緋芽先輩？」
もっと、……呼んで。
「あたし……、真幸くんの……」
真幸くんはきっと、あたしの言葉の続きを知っている。心の内側なんて、透けてるんだ。そのにんまり顔が証拠。
「真幸くん……の……」

あと数文字。
早く！　早く……！
言わなきゃ。
い、言っちゃえ！
「まっ、真幸くんの！」
目をギュッと瞑る。
「……ケータイ……知りたい……」
……ばか。
「ぷっ」
真幸くんが吹き出す。
「け、ケータイ……、ですね、ふはっ、そんなもん、いくらでも、ははっ、教えますよ」
ちょいちょい笑いが挟まっているのは、聞かなかったことにしよう。それに、番号もメアドも聞きたかったことは、嘘じゃないし。
「そっか。そういえば、俺らって、そんなことも知らなかったんですね」
うんうん、と、納得しながら、真幸くんは折り畳み式のケータイをポケットから取り出した。
「先輩のって、ガラケー？　スマホ？　赤外線付いてる？」
「あ、あたしのは、普通のケータイ……」
あたしもポケットから取り出す。
そういえば、スマホって、赤外線通信が付いてないものがあるんだっけ？
「じゃあ、赤外線ですね。はい」
「あっ、はい」
ふたりで、ケータイを開いて、お互いの物をくっつける。

赤外線って、どうやるんだっけ……。めったに使わない機能だから、もたついてしまう。
真幸くんは慣れているのか、少しの動作だけですぐ指を止めた。
「えっと、待ってね。えーと……、あ、ここだ」
やっと思い出して、"赤外線送信"のボタンを押すと、真幸くんのケータイが、ひょいっと上に避けた。
「あれ？」
しばらくして、画面に"送信失敗"の表示が。
ハテナ？　の表情で、真幸くんを見る。
……笑ってる。さっきと同じ、にんまり顔。
「なんで俺のケー番知りたいんですか？」
「……え」
「何とも思ってない男に、聞いたりしないですよね？」
「！」
その質問は、ズルい！
「だって、あの、それは……」
キョロキョロと目をさ迷わせる。
言うの？　今？　このタイミングで？
真幸くんをチラッと見る。
口に手の甲を当てている。笑ってる口を隠してるつもりかもしれないけど、端っこが見えてるからバレバレだよ。
今言っても、本気の返事は返ってこない予感が。
「そうやって、意地悪ばっかり……言う……」
ケータイを閉じようとしたら、
「わっ！　ごめん、ごめん、ごめんなさい！」
手を捕まれて、ケータイを奪われた。
「そうです、意地悪です。認めるから、赤外線やらせてくださ

い」
よく分からない理屈。多分、自分でも何を言っているか分かっていないと思う。
表情はめずらしく必死。
真幸くんが、自分のケータイのボタンを押す。
画面に"受信中"。次に、"受信完了"に切り替わった。
「行った？　それ、俺の」
一仕事でも終えたかのように、真幸くんは深く息を吐いた。
画面には、"【久我 真幸】登録しますか？"の、確認文。何度も見てきた、デジタルの文章なのに、ジーンとする。
アドレス交換で感動したの、初めて……。
「じゃ、先輩の下さい」
「うん……、あっ」
"送信"のボタンに置かれたあたしの親指の上から真幸くんの親指が重なって、グッと力がこもった。
うわ、わ……わ……！
なんで⁉
「わーい、じゅしーんっ」
指からパッと温もりが消えた。
早い。……残念。
「よし、登録。ありがとー、先輩」
太陽がてっぺんに昇ったような笑顔。
男らしい表情を見せたり、いきなり可愛く笑ったり、そのギャップに驚く。
もっといっぱい……見てみたい。
あたしの知らない顔は、あとどれくらいあるんだろう。
真幸くんがまたケータイのボタンを押して、あたしのケータイ

から音楽が鳴り響いた。子守唄みたいな、オルゴール調の優しいメロディ。
「何の曲？　可愛い」
真幸くんが、受話器に耳を当てて問い掛ける。
可愛いって、あたしに言ったわけじゃないってば。音楽だよ、音楽！
動揺しすぎだよ、心臓。
通話ボタンを押すと、音楽がピタッと止んだ。
「つながった」
目の前と受話器から、二重になって届いて、変な感じ。
機械越しは、声がとても近くに感じるけれど、耳に当たる感触が冷たくて堅い。
「緋芽先輩」
さっきまでの笑顔はどこにいったの？　笑うと微かに出来るえくぼは、今は見当たらない。
「……帰っちゃうんですか？」
ざりっと、靴が地面を擦る音がひとつ。
呼吸が止まる。
ごくんと飲み込んで、吐き出す息は熱い。
スッと小さく息を吸い込むと、目の前の表情に小さなえくぼが浮かんだ。
「なんちゃって。……嘘です」
そう言って真幸くんは、自転車のハンドルを両手でつかんだ。
その笑顔、あと１秒遅かったら、あたし……。
「おやすみなさい。ちゃんと休んでください」
「うん……」
「今のままだと、抱きしめたら壊れちゃいそうですもんね」

「な！　……に、言ってるの……」
「あははっ」
いつもの冗談を言う余裕もたっぷりあるようで。
緊張ばっかりしてないで、言わなきゃ、気持ち……。真幸くんへの、想い。
「真幸くん……」
「ん？」
その、小首をかしげる仕草、可愛い……。
って、そうじゃなくて。
「あの……」
「はい」
薄暗くてもキラキラ輝く笑顔に、
「…………また明日」
怖じ気づいて、言えなかった。
……バカ‼
「ぷっ」
また吹き出された。
「はい、また明日。明日からも、お願いします」
「！　……うん！　うん！」
大きく手を振って、真幸くんは自転車をこいでいった。

姿が見えなくなって、手の中のケータイを見つめる。
初めて聞いた機械越しの声が、今でもまだ鼓膜に響いてきそうなくらい、残っている。
「ふふ……」
人に聞かれたら、「不気味な声」って指摘されそう。でも、嬉しいものは嬉しい。

放課後だけで、ずいぶんと色んな経験をした気分で、長かったような短かったような……。
キスも……しちゃったし。
「熱い……」
収まるまで、家に入れそうもない。
「ゆっくり休んで」って言ってくれたけど、眠れる自信がない。
「はぁ……」
何のため息だろう。自分のことなのに、よく分からない。
夜になって、朝がきたら、また……会えるかな。学校で。保健室で……。
会いたい。

「好き……」

誰にもつながっていないケータイに向かって、呟いた。

あとがき

『ひみつごと。』上巻をお手にとっていただき、ありがとうございます。

夏の話なので、夏に発売していただけることがとてもありがたいです。
舞台は、とうとうやっちまった感いっぱいな保健室。
実際に、榊自身の母校の保健室では、窓からグラウンドが見えました。

この話を書きたいと思ったきっかけは、『ふたりごと。』漫画版を担当してくださいました、モユ先生の颯太のデザインが好みすぎたこと。
「この颯太に、保健室の先生とか口説いてほしい」。そんな考えがどんどん広がって、だけど颯太を誰かの相手役として恋愛する話は避けたくて、「だったらちょっと出るくらいで」。そんな結論で、緋芽と真幸の物語が出来上がりました。
『ふたりごと。』の、半年ほど後の設定になっています。
同じ学校な設定で、カブったキャラも出たりしますが、どちらから読んでいただいても全く支障はありません。むしろ、どっちかを読まなくても、それも支障はありません笑
緋芽は、前回発売していただきました『ふたりごと。secret 7 stories』の、ラストに少しだけ登場してます。
『ふたりごと。』と、ちょっとおそろいっぽくしたいという思いから、今回も章タイトルは相手役（久我）のセリフになりま

した。
あとは、主人公が共に不本意なあだ名を付けられてる辺りも同じです。

そして、嬉しいことに、ちょうど1年前に発売されました『偽コイ同盟。』が、アヤノ先生作画でコミックになり、現在エブリスタで配信していただいてます！　可愛いです、イケメンです！　素敵な漫画にしていただき、本当にありがとうございます！

また文庫化の機会をいただけたことが、すごく嬉しいです。
それもこれも、連載中から応援してくださいました読者様。エブリスタさん。『ふたりごと。secret 7 stories』までの３冊、本当にお世話になりました、宮﨑さん。今回お世話かけてます、永田さんをはじめとします、集英社さん。関係者様サマ！
たくさんの方々にお世話になりました。そして、ここを見ていらっしゃるあなたさま！　本当にありがとうございます。
このあとがきの時点ではまだ表紙デザインなどは拝見していないんですが、きっと今回も素晴らしくしてくださってるんだろうなぁ、と。楽しみです♪
『ひみつごと。』は、来月発売の下巻に続きます。上下巻、夢だったんです。幸せです。
そちらでまたお会い出来たら幸いです。

2012年、夏、榊あおい

★この作品はフィクションです。実在の人物・団体・事件などにはいっさい関係ありません。

ピンキー文庫公式ケータイサイト

PINKY★MOBILE

pinkybunko.shueisha.co.jp

★ ファンレターのあて先 ★

〒101-8050　東京都千代田区一ツ橋2-5-10
集英社　ピンキー文庫編集部　気付

榊あおい 先生

E★エブリスタで、本書の書籍化を応援してくれたサポーターのみなさん

とくちゃん	Nana	sora
196友里	baby	YUANA
hana.	伊神P	ひとみ
はるたん	野球少年	わんわん
はら	ひな苺☆	ぼー
みつぐ	nam	CSSS
みぃちゃん	媛香	

著者・榊あおいのページ
（ E★エブリスタ ）

ピンキー文庫

```
┌─────────────────────────────────
│ ひみつごと。
│ 上
│
│ 2012年8月29日　第1刷発行
│ 2015年6月9日　第5刷発行
│
│
│ 著　者　榊あおい
│ 発行者　鈴木晴彦
│ 発行所　株式会社集英社
│ 　　　　〒101-8050　東京都千代田区一ツ橋2-5-10
│ 　　　　電話　03-3230-6255（編集部）
│ 　　　　　　　03-3230-6393（販売部）
│ 　　　　　　　03-3230-6080（読者係）
│ 印刷所　図書印刷株式会社
│
│
│ ★定価はカバーに表示してあります
```

造本には十分注意しておりますが、乱丁・落丁（本のページ順序の間違いや抜け落ち）の場合はお取り替え致します。購入された書店名を明記して小社読者係宛にお送り下さい。送料は小社負担でお取り替え致します。但し、古書店で購入したものについてはお取り替え出来ません。なお、本書の一部あるいは全部を無断で複写複製することは、法律で認められた場合を除き、著作権の侵害となります。また、業者など、読者本人以外による本書のデジタル化は、いかなる場合でも一切認められませんのでご注意下さい。

©AOI SAKAKI 2012　Printed in Japan
ISBN 978-4-08-660052-1 C0193

二つの名前を持つ少女が
秘密の恋人契約を交わしたのは、
謎の少年、キョウ。
月の光の下でだけ、二人は恋人…!

嘘つきな月
secret moon

シムカ

昼は常に学園トップ、優等生の美月(みづき)。夜は誰にも媚びない謎めいた美少女、ユエ。二つの名前を持ち、小さくて大きな秘密を抱える彼女と、同じく二つの名を持ち、小さくて大きな秘密を抱える少年、響=キョウ。月夜の下だけの秘密の恋人契約。そんなこと、最初から分かっていたのに…。

好評発売中 ピンキー文庫

大切な人。僕が君を迎えにいく──

通学風景 上
～君と僕の部屋～

みゆ

一人ぼっちの美央(みお)。一人ぼっちの彰吾(しょうご)。そして、一人ぼっちの……「ハル」。一人ぼっちの３人。ただ会いたかった私の想いは、恋だったのかもしれない…。超人気「通学」シリーズ第６弾！

『通学電車』1年前、切なすぎる恋物語！

通学風景 下
～君と僕の部屋～

みゆ

ハルとショーゴの間で揺れ動くミオ。そこにもうひとりの「ハル」の存在を知らされて…。なんにもない世界に、君だけが私をみつけてくれた…。ミオと「ハル」、ふたりの恋の行方は…？

好評発売中　ピンキー文庫

「ひみつごと。」
著者**榊あおい**の新作小説
小説・コミック投稿コミュニティ **E★エブリスタ**で独占連載中!

『推定幼なじみ』

中2のバレンタインに、幼なじみの律ちゃんと初めてキスをした。
それから、あたしたちの関係はすごく曖昧。
「なんでキスしたの?」「じゃなかったことにすれば?」
ただの幼なじみ、恋人、友達……。
どれにも当てはまらないあたしたちの関係は、推定幼なじみ。

『校内×恋愛。』

同じ年、年上年下、先輩と生徒。
同じ校内で生まれる十人十色の恋心。
榊あおいが描く、
校内恋愛限定の甘恋短編集!!

「ひみつごと。」原作も
E★エブリスタで読めます!

E★エブリスタ
estar.jp

「E★エブリスタ」(呼称:エブリスタ)は、小説・コミックが読み放題の
日本最大級の投稿コミュニティです。

E★エブリスタ**3つのポイント**

1. 小説・コミックなど190万以上の投稿作品が無料で読み放題!
2. 書籍化作品も続々登場中!話題の作品をどこよりも早く読める!
3. あなたも気軽に投稿できる!

※一部有料のコンテンツがあります。 ※ご利用にはパケット通信料がかかります。
E★エブリスタは携帯電話・スマートフォン・PCからご利用頂けます。

小説・コミック投稿コミュニティ「E★エブリスタ」

(携帯電話・スマートフォン・PCから)
http://estar.jp
携帯・スマートフォンから簡単アクセス!

スマートフォン向け「E★エブリスタ」アプリ

ドコモ dメニュー⇒サービス一覧⇒E★エブリスタ
Google Play⇒書籍&文献⇒書籍・コミックE★エブリスタ
iPhone App Store⇒検索「エブリスタ」⇒書籍・コミックE★エブリスタ

No.1
電子書籍アプリ※

※2012年7月現在Google Play
「書籍&文献」無料アプリランキング

※E★エブリスタは株式会社エブリスタが運営する小説・コミック投稿コミュニティです。